불편한 블루스

불편한
블루스

이재은 장편소설

차례

1

사연이

덥고 습한 저녁이었다. 장마가 오려면 아직 이른데 눅눅한 기운이 낯선 실내를 가득 채웠다. 이제 막 차려진 제단, 싱싱한 국화 사이에 영정 사진이 놓였다. 검은 리본 둘러진 액자에는 누가 봐도 무뚝뚝했을 남자가 입술을 굳게 다물고 있었다. 새로 피운 향 회색 연기가 꽃송이 틈으로 사라질 때 제단 옆 항아리에서 국화 한 송이 들어 단에 올려놓은 여자가 무너지며 통곡했다. 하늘 문 장례식장 401호였다.

"저러다가 권사님도 쓰러지시겠어."

연이를 걱정하는 교인들 웅성거림이 여기저기서 들렸다. 처음 당하는 큰일에 만딸 선영도 정신이 반쯤 나간 듯했다. 노환을 앓던 선영 아버지가 폐렴으로 입원한 지 오일 만에 패혈증으로 운명했다. 준비 없이 맞은 아버지의 죽음, 무엇을 먼저 해야 할지 경황이 없었다. 부고 받은 어른들이 하나 둘 왔으나 앞장서서 조언해주는 이가 없었다. 장성한 남동생이 셋이나 있지만 고향 떠나 산 지 오래라 장례를 주도하는 일은 선영의 몫이 되었다. 그나마 미리 가입해 둔 상조회사에 기대는 난망한 지경이었다.

"지금 일곱 시가 넘었고 이제 막 부고를 시작했으니까 오늘은 도우미 없어도 괜찮을 겁니다. 내일 조문객 많을 때 도우미를 몰아 쓰는 것이 더 효율적입니다."

장례지도사의 말을 믿은 것이 실수였다. 기다리고 있었다는 듯 밀려드는 조문객을 맞으며 선영은 아버지 앞에서 곡 한번 하지 못하고 상복을 입은 채로 뛰어다녔다. 어정쩡한 조언이 시작부터 상황을 꼬이게 했다. 동생들은 상주석에서 조문객을 상대하며 벌써부터 무릎을 주물렀고 엄마는 영정 앞에서 오열을 멈추지 않았다. 딸보다 다정

한 둘째 아들 선수가 가끔 엄마의 등을 토닥이는 모습이
황망 중에도 보였다.

"엄마, 물 좀 드릴까요?"
"어이고, 어이고."

하루 만에 목이 쉴 만큼 연이는 그렇게 아픈 울음을 울
고 있었다.

상가(喪家)에서 우는 사람은 제 설움에 운다는 말이 떠
올랐다. 연이가 무슨 설움에 저리 사설조차 없는 눈물을
쏟아 내는지 가장 오래 엄마를 지켜본 선영은 이해할 수
있었다.
스무 살, 꽃다운 나이에 약골인 아버지에게 시집와서
며칠 전 중환자실에 들여보낼 때까지 연이의 지극 정성은
누가 봐도 감동 그 자체였다.

아버지가 서른일곱 살, 선영이 초등학교 3학년 봄날이
었다. 학교 파하고 집에 온 어린 선영 앞에 휘황찬란하게

한복을 차려 입은 무당이 사물 장단에 맞춰 춤추고 있었다. 선영은 처음 본 광경이 무서워서 방에 들어가지 못하고 마당 한 구석에 숨어 있는데 옆집 노인이 다가와서 얼른 들어가라며 주름진 눈을 찔끔거렸다.

"아가야, 깃발을 하나 뽑거라."

무당이 선영에게 깃발 뭉텅이를 내밀었다. 선영의 손이 아직 깃발에 닿지도 않았는데 무당은 파란색, 빨간색 깃발을 뽑아 허공에 흔들어 댔다. '귀신아 물러가라' 외치는 소리, 장구 소리, 꽹과리 소리가 어린 선영에게 오랫동안 천둥처럼 남아 있었다.

요즘에는 굿 소리를 듣기 어렵지만 그때는 하루 걸러 한 번씩 마을에 꽹과리 소리가 울렸다. 누구나 어려웠던 시절, 살기 힘든 사람들에게 무당은 의사보다 가까웠다.

굿은커녕 치성도 드릴 여유가 없었던 연이가 굿판을 벌인 데도 사연이 있었다.
아직 연이가 교회에 나가기 전이었다. 결혼 초기부터

병색이 짙던 남편은 연이의 수발에도 늘 시름시름했다. 큰 병원에 가보자는 연이 말을 귓등으로도 듣지 않는 남편 때문에 돈 안 들고 혼자 힘으로 할 수 있는 비방들을 구메구메 알아보았다.

연이가 부정한 사람 출입을 막으려 대문 앞에 정화수를 떠 놓았던 바로 그날이었다.

"이 집에 병자가 있구나?"

당골네가 거침없이 대문을 열어 제치며 소리쳤다.

"어찌 아시고…."
"영험한 우리 장군님이 현몽하여 어서 조상 제사 지내라 하셔서 왔네."
"저희는 그럴 돈이 없어요."
"잔말 말고 돼지 머리 잘난 놈으로 하나 올리고 떡 한 시루만 쪄어라. 나머지는 다 내가 알아서 한다."

굿 한번 하면 집 한 칸 값을 긁어 간다고 소문난 당골네가 제 발로 들어와서 푸닥거리를 한다는데도 연이는 돈 걱정이 앞서 선뜻 결정하지 못했다. 막무가내 그녀의 주도하에 계획에 없던 굿판이 벌어졌다. 모든 굿이 끝나고 당골네 기막힌 사연을 들었다.

'병자를 살려내지 못하면 너를 치리라.' 이름자도 모르는 남자 때문에 거스를 수 없는 명을 받고 시작한 치병 굿. 당골네는 두 밤 지나 세날 동안 쉼 없이 빌고 또 빌었다. 무당을 믿지 못하겠다고 버티던 남자가 마침내 셋째 날에 깔아 놓은 멍석에 엎드려서 눈물을 쏟았다.

그러나 남자의 병세는 호전되지 않았다.

연이의 새로운 방책에 대한 정보 수집은 계속 이어졌다. 어린 자식을 셋이나 두고 남편이 진짜 죽을 것 같은 공포. 연이는 가리고 말고 할 겨를이 없었다. 어느 새벽에는 아직 잠을 깨지도 못한 가족을 불러 앉히고 백설기를 먹였다. 그것도 일주일 동안 계속해서.
지나던 도사가 연이 관상을 보고는 칠일 동안 쌀을 맨손으로 가루를 내어서, 떡을 찌고, 온 가족이 함께, 그것도 남들이 보기 전에 다 먹어야 남편이 오래 살 수 있다고 했다.

물에 빠진 사람이 지푸라기라도 잡듯 연이는 일주일 동안 정성스레 백설기를 쪄서 새벽마다 가족에게 먹였다. 영문 모르는 삼남매는 귀찮게 한다고 화내는 아빠의 불평을 반쯤 뜬 눈으로 지켜보면서 오물오물 백설기를 먹었다. 다시 맛볼 수 없는 귀한 맛이었다. 연이 손은 쇠 절구공이 때문에 물집이 가득했지만 남편의 목숨을 건지기 위한 노력은 그치지 않았다.

어떤 방법이 효험을 본 건지 알 수 없지만 남편은 차차 병치레가 줄어들었다.

가을이 막 시작되던 어느 저녁 무렵이었다. 연이는 친구들과 놀고 있는 선영을 가만히 불러 자전거 뒷자리에 태우고 동네 초입 중국집으로 갔다.

"자장면 한 그릇만 주세요."

선영은 갑작스러운 엄마 행동을 이해할 수 없었지만 김이 모락모락 나고 윤기 흐르는 자장면을 맛있게 먹기 시작했다.

"우욱…."

연이는 한 젓가락을 뜨다 말고 화장실로 달려갔다. 한참 후 돌아온 그녀는 딸이 먹는 모습을 저만치 떨어져서 보고 있었다. 자장면조차 가족 모두를 불러 먹일 수 없는 형편이 현실이었다. 그 일이 있고 얼마 후 선영은 엄마가 막내 동생을 임신했다는 것을 알게 됐다.

"밥 냄새가 너무 싫어."

연이는 심한 입덧으로 열 달 내 고생했고 선영은 종종 엄마 대신 밥을 지어야 했다. 그렇게 선영과 열한 살 터울로 막내 동생 선재가 태어나 삼남매는 사남매가 되었다.

식구가 늘었어도 살림은 나아지지 않았다. 남편은 말없이 사라졌다가 며칠 후 진탕 취한 채 돌아와서는 이유 없이 온 집안을 때려 부쉈다. 연이에게 주먹질도 해댔다. 어린 사남매는 영문도 모른 채 두려움에 떨었다. 방문은 남편 발길질에 여기저기 구멍이 뚫렸고 유리창은 깨지고 가구는 부서졌다. 연이는 구멍 난 문짝 위에 달력 그림을 오려 붙였다. 창에는 비닐을 덧대어 깨진 유리 대신 바람막이로 삼았다. 연이 손은 유리에 베었고 주먹질에 벌게진 얼굴에는 핏물이 흐르기도 했다.

아이들이 꽤 커서까지 연이의 수난은 되풀이되었다. 그러나 아무도 그녀의 방패가 되어 주지 못했다. 사 남매에게 아빠는 두려운 존재였고 상대적으로 엄마에 대한 연민은 자식들 마음속에 깊이 자리를 틀었다. 자식들은 아빠를 다른 무리로 취급했다. 연이는 그런 상황에서도 자녀들에게 아빠에 대한 이해를 호소했다.

"아빠를 미워하면 안 돼. 아빠는 어려서 엄마를 잃고 계모 밑에서 사랑받지 못하고 자랐거든. 사랑을 표현하는 방법이 서툴러서 그러는 거니까 자식인 너희가 이해를 해야 하는 거야."

연이가 아이들 귀에 못 박힐 정도로 같은 말을 되풀이했지만 이미 커버린 자식들에게 연이의 당부는 공허한 메아리일 뿐, 아빠와의 간격은 좁혀지지 않았다. 아무리 어려운 상황에서도 연이는 남편을 욕하지 않았다. 그런 연이 눈물겨운 노력을 늦게나마 알았을까? 나이를 먹으며 남편의 태도가 달라졌다. 자식들과의 소원한 관계도 차츰 회복할 수 있었다. 남편이 평생 원했던 대로 연이와 둘이 산에 들어가서 아담과 하와처럼 몇 년 지낸 것을 마지막으로 남편은 먼저 하늘로 떠났다. 그리고 연이는 저렇게 슬피 울고 있다.

남은 생을 울기만 할 것 같은 연이.

2

무료한 하루

   남편 상(喪)을 치르고 연이는 막내아들 집에 살기로 했다. 맘 같아서는 혼자 산에 살면서 편안한 노후를 보내고 싶었지만 남편 없는 외딴 산속은 겁 많은 연이가 지낼 만한 곳이 아니었다.

   장가 안 간다던 막내아들 선재가 이년 전 중국 아가씨를 데려와서 결혼하겠다고 했다. 연이는 가정을 이룬다는 막내아들 한마디가 반가웠다. 온 가족의 축복 속에 결혼하고 눈에 넣어도 안 아프게 예쁜 손녀도 생겼다. 모든 것이 고마웠다. 수완 좋은 선재가 승승장구하는 모습이 대견했다. 연이를 위해 사소한 것까지 신경 써주는 아들, 며느리

손녀와 지내는 하루하루가 평온했다.

그러나 연이는 의사소통이 어려운 외국인 며느리와의 사이에서 무언가 불편했다. 눈치로 대충 이해하며 손짓 발짓 섞어서 하는 대화가 피곤했다. 아들이 퇴근해서 둘 사이에 오간 대화를 듣고 어이없어했다. 완전히 동문서답을 하고 있었다고….

천성이 밝았던 연이지만 그런 시간이 조금씩 불편함을 넘는 압박으로 다가왔다. 아이를 돌볼 만한 건강 상태도 아니어서 손녀와 맘껏 놀아 줄 수 없는 처지가 스스로 딱하게 느껴졌다. 노인이 되면 보이는 모든 것이 슬프다고 하더니 연이 일상에 고독이 어둠처럼 드리우고 있었다.

"엄마, 다쳐. 아기, 다쳐."

한국말이 서툰 며느리가 사색이 되어 포대기 둘러서 손녀 한번 업어 보려고 준비하는 연이를 뜯어말렸다. 딸을 귀하게 여기는 며느리가 예쁘다 생각하다가도 '제 딸 다치게 할까 봐 만지지도 못하게 하네.' 생각이 들면 늙었다고 무시하는 것 같아 심술이 나기도 했다.

연이는 갇혀 지내는 하루하루가 점차 지루하게 느껴졌다. 이렇게 살아야 하는 날들에 대한 불안이 시나브로 그녀를 엄습했다.

퇴근해서 돌아온 선재는 항상 다정하게 똑같은 말을 했다.

"엄마, 별일 없으셨어요?"
"그래, 애비도 잘 다녀왔지?"
"네, 엄마 쉬세요."

그것이 전부였다. 세 식구가 방에 들어가서 하하 호호 웃으며 화목한 시간에 연이가 끼어들 자리는 없었다. 그저 텔레비전 리모컨을 소리 나지 않게 돌려 보는 것이 전부였다. '이 지루한 시간을 어찌 버텨야 하나.' 한 번 고민에 빠지면 그대로 우울증 환자가 되는 건가 하는 불안 때문에 하얗게 밤을 새는 날이 많았다. 연이는 고독한 시간이 점차 두려웠다.

간호사로 근무하는 딸은 야간 근무를 자주 하는 터라 낮 시간에 자고 있어 전화 거는 것도 어려웠다. 어쩌다가 한 번씩 들려주는 목소리는 피곤에 절어 있어서 정말로 조심조심 눈치보며 전화를 걸곤 했다.

"딸, 자니?"
"네."

잠결인지 그 한마디만 하고는 뚝 전화를 끊어 버렸다. 야속함이 밀려들었다. 연이에게는 하나밖에 없는 딸이라서 좀 살갑게 굴어 주면 좋을 텐데, 딸도 대하기 어려운 건 매한가지였다. 딸은 집이 싫어서 일찌감치 시집 갔는데 겨우 오 년 살고 이혼했다. 아까운 나이에 혼자서 두 아이를 키우며 힘들게 사는 딸이 연이에게는 아픈 손가락이었다. 딸 하나 아들 하나, 외손주가 둘 다 성실하게 잘 커서 제 엄마를 위하니 불행 중 다행이라 여길 뿐.

연이는 또다시 리모컨을 잡고 하나씩 채널을 돌렸다.

"엄마, 잘 지내시죠?"

역시 다정하기는 둘째 아들이 최고다. 외로운 연이 맘을 아는 듯 전화라도 해주는 선수가 연이는 제일 편했다. 명문대를 졸업하고도 하는 일마다 여의치 않았다. 한창 좋을 나이에 풀죽어 다니는 아들을 보며 마음이 아렸다. 지난주에는 어깨가 아프다고 해서 걱정했는데 오늘은 밝은 목소리로 전화를 해주어 연이는 눈물이 날 듯 기뻤다.

"엄마 왜 그러세요. 어디 불편하세요?"

자상한 선수는 연이의 미묘한 감정 변화도 쉽게 알아채는 능력이 있어서 가끔은 숨기려 애써도 슬픈 감정을 들켰다.

"아니야 아들, 엄마는 잘 지내고 있지. 아들 어깨는 괜찮아?"
"괜찮아요. 괜히 말해서 엄마 걱정시켰어요. 주말에 가서 맛있는 거 만들어 드릴게요."
"고마워, 아들."

연이는 둘째 아들과의 전화통화로 한결 마음이 누그러졌다.

그렇게 무료한 하루가 또 흘러갔다.

3
나뭇잎 하나

아직 햇살 좋은 가을인데 연이는 옷 속으로 스며드는 바람에 한기를 느꼈다. 스카프 한 장으로 목을 감쌌다. 산책하라고 딸이 성화를 부려서 아픈 허리를 끌고 아파트에 딸린 공원에 나왔다. 가을 물든 은행잎 한 장이 지팡이에 딸려왔다. 운동을 안 하니 근육량이 적어져서 허리가 더 아픈 거라는데, 저 같으면 이렇게 아픈 허리와 무릎으로 얼마나 운동을 할지 서운한 생각이 언뜻언뜻 들었다.

"에고, 네가 나만큼 아프면 안 되지. 아서라 나 혼자 아프다 죽을랜다."

혼잣말을 소리 내서 뱉으며 연이는 벤치에 무거운 몸을 올려놓았다. 가을에는 딸을 낳고 몸조리를 못한 때문인지 온몸이 말도 못 하게 아팠다.

연이는 스물한 살 어린 나이에 딸 하나 낳고 받았던 설움이 떠올랐다. 옷 속을 파고드는 바람처럼 가시지 않는 냉기가 여전히 연이를 맴돌았다. 그녀 눈가가 붉어졌다.

"이년아, 아들을 낳았어야지 그깟 계집애를 낳아 놓고 미역국이 목구멍으로 넘어가냐?"

남편은 지난밤에도 연이에게 주먹다짐과 함께 가죽 허리띠를 풀어 휘둘렀다. 주인집에 싸우는 소리가 들릴까 봐서 악 소리도 내지 못했다. 남편은 술에 취하는 밤마다 폭력을 휘둘렀다. 연이는 몸 푼 지 일주일도 안 되는 몸으로 모진 매를 참아 내고 있었다. 딸이건 아들이건 그 결정이 남자에게 있다는 건 들어서 알고 있었지만 무서운 남편 앞에서 연이는 입 한번 달짝일 수가 없었다. 그저 술취한 남편이 어서 잠들기 바라는 간절한 마음으로 소리죽여 울었다. 어린 엄마였지만 행여나 갓난 딸이 놀랄까 봐 걱정됐다.

"어서 화 풀고 주무세요, 제가 다 잘못했어요."

연이는 주문처럼 이 말만 되뇌이며 빌고 또 빌었다. 고단한 밤은 그렇게 느린 걸음으로 지나갔다.

어스름 새벽, 연이는 마을 끝 저수지에 섰다. 더 이상 이렇게 살아갈 자신이 없었다. 지은 죄 없이 빌고 있는 초라한 자신도 싫었고 이유 없이 매 맞는 것은 비참해서 견딜 수 없었다. 그저 눈 한번 질끈 감고 물속으로 뛰어들면 모든 슬픔을 끊어낼 수 있다 생각하니 차라리 편안했다.

"아버지 죄송해요, 저 더 견디기 싫어요. 용서하세요."

언제나 연이에게 자애로운 아버지가 생각나 잠시 주춤했지만 아버지는 이럴 수밖에 없는 연이를 이해해 주실 것 같았다. 딸이 고통 속에서 살아가는 것을 아버지도 원하지 않을 거라 생각하니 내딛는 발에 힘이 실렸다.
차가운 물에 왼쪽 발을 담갔다. '찌릿' 젖이 돌며 연이

앞가슴이 흥건하게 젖었다. 배고파 울고 있을, 아직 이름
조차 붙이지 못한 딸아이 얼굴이 아른거렸다.

"아가. 내가 없으면 넌 어떻게 사니?"

정신이 번쩍 난 연이가 물에 담갔던 발을 빼고 집을 향
해 달리기 시작했다. 딸을 부르는 어린 엄마 뜨거운 눈물
이 휘청대는 발걸음을 재촉했다.

미동조차 없이 앉아있던 백발 연이는 오십팔 년 전 그날
처럼 흐르는 눈물을 소리 없이 닦아내고 있었다.

삶을 다한 나뭇잎 하나가 연이 발등에 툭 떨어졌다.

4

한숨 같은 기도

　연이는 어렵사리 교회에 다녀온 날이면 허리와 무릎의 통증이 심해서 견디기가 더 어려웠다. 진통제와 파스로 아픈 곳을 달래며 젊은 시절에 몸을 돌보지 않은 것을 후회했다. 하기야 젊을 때는 몸을 살필 겨를조차 없었다. 평온함이라곤 약에 쓰려 해도 없던 매일이 지옥 같았어도 몸을 돌봐야 했었는데….

　뒤늦은 후회는 아무런 힘이 없었다.

　마흔 되던 해, 연이는 친정아버지 일 년 탈상을 한 후 작심하고 기독교인이 되었다. 맏며느리가 하루아침에 제사를 걷어치우고 교회에 나가자 집안은 스물네 시간이 모자란 전장이 되었다. 교회에 불 싸지른다고 위협하며 패악질하는 남편과의 무한 대치가 일상이었다. 연이는 어디서 배짱이 생겼는지 꿋꿋하게 버텨냈다. 하루도 거르지 않고 새벽 제단을 쌓았다. 성실한 신자로서의 삶만이 그녀를 지탱하는 힘이었고 예수는 연이가 인내하는 유일한 이유였다. 새벽마다 눈물로 부르짖으며 남편을 용서하고 싶다고 몸부림쳤다.

연이 마음을 몰라주던 남편은 아주 오랜 시간이 흐른 후에야 겨우 그녀를 이해했다. 그의 사과는 진심이었으나 연이 마음에 새겨진 못자국은 이미 깊은 딱지가 되었다. 남편의 뒤늦은 참회는 연이 지난날 고통에 대한 작은 위안으로 삼았다.

인생 말년에는 하나님 뜻에 따라 봉사하며 살리라 다짐했었는데, 그조차 욕심이었는지 주일성수도 어려운 마음만 신자가 되어 버렸다. 힘쓰는 것 하나만큼은 누구에게 뒤지지 않을 자신 있어서 몸 아끼지 않고 살아왔던 세월에 건강이 발목 잡을 줄 누가 알았을까. 남들은 무릎이고 허리고 수술을 한다는데 연이는 엄두조차 내지 못했다. 예비해 둔 돈도 없거니와 회복 기간 동안 간병을 맡길 자식도 여의치가 않았다. 언감생심 수술은 저만치에 두고 아픈 몸을 파스로 달래 가며 더 심해지지 않기를 바라고 있었다.

"내게 남겨진 시간이 얼마나 있을까? 그 남은 시간 동안 나는 어떻게 살아야 할까?"

연이 불안한 마음이 부쩍 커졌다. 자식들에게 짐 되지 않겠다 생각하며 살았는데 나이 들고 보니 마음먹은 대로 몸 하나 간수하는 것이 어려웠다. 자식에게 폐 끼치지 않고 인간의 존엄을 잃지 않은 채 남은 삶을 살아 낼 수 있을지 곰곰 생각해봐도 홀로 견뎌야 할 시간은 두려웠다.

'주여!'
한숨 같은 기도가 연이 호흡을 따라 새어나왔다.

오늘도 선재 가족이 쇼핑한다며 나갔다. 연이는 바람 쐴 겸 같이 나가자는 막내아들 말에 "엄마는 집에 있을래.

자네들끼리 재미있게 다녀오시게." 라며 한 발짝 뒤로 물러났다. 몇 번 따라나선 적도 있지만 그때마다 '다음번엔 나서지 말아야지.'라는 생각을 했다. 아픈 몸 끌고 따라다니는 것도 힘들지만 그래 봐야 정작 연이 물건을 사는 일도 드물었다. 뒷방 늙은이라는 표현이 새삼 자신에게 해당하는 말이구나 생각하며 연이는 한없이 작아졌다.

혼자 남은 연이가 넓은 아파트에서 소일거리를 찾아 두리번거렸다. 싱크대에 담긴 몇 개 접시를 닦고 빨래건조대에 널려있는 옷가지를 정리하며 불현듯 먼저 간 남편을 생각했다. 연이가 빨래를 접어주면 남편이 그 위에 올라가 질근질근 밟아 주었고 그러면 다림질을 따로 하지 않아도 빨래 주름이 펴져서 말끔하게 정돈되었는데. 한 번씩 생각나는 남편에 대한 기억이 그리 나쁜 모습이 아닌 걸 보면, 사람이 떠난 후에는 좋은 기억만 남는 선택적 편리함이 있는 것 같았다.

연이는 자기 방으로 종종걸음을 옮겼다. 가끔 이렇게 남편이 생각나는 날에는 습관처럼 남편이 남기고 간 낡은 지갑을 꺼내봤다. 명품은 아니지만 막내아들이 준 선물이라며 지갑 귀퉁이가 해어졌어도 남편은 이 지갑을 마지막 날까지 아껴 사용했었다.

어느 화창했던 오후, 아마 돌아가기 한 달쯤 전이었다.

"이거 받아."
"웬 돈이에요?"
"나 죽고 나서 당신 혼자 남았을 때 써. 노령연금 모아 둔 거야. 돈 없으면 애들이 당신 구박할지도 몰라. 잘 간직했다가 먹고 싶은 거 있을 때 사 먹어."

아픈 몸으로 언제 은행에 다녀왔는지 알 수 없었다. 남편이 내민 봉투에는 오만 원 권, 만 원 권, 오천 원 권이 한 방향으로 가지런히 정리된 채 들어 있었다. 아이들 구박에 대비할 만한 큰돈은 아니었지만 남편의 진심만큼은 크게 느껴져서 행복했다. 갑자기 남편이 세상 떠난 후 연이는 봉투에 담긴 지폐들을 꺼내 한 장씩 어루만지면서 남편과의 사랑을 추억했다. 죽기 전에 자식들에게 아빠 유품으로 물려주어야지 생각하면서 낡은 지갑 안에 각기 네

장씩 지폐를 정돈해 넣었다.

　초겨울 짧은 해가 기울어 캄캄한데 선재 가족은 소식
이 없다. 제시간에 맞춰 약 먹으려면 뭐라도 요기를 해야
겠다 싶어 주방으로 갔다. 냉장고를 뒤져봐도 마땅히 먹
을거리가 눈에 띄지 않았다. 음식 환경이 다른 막내며느
리는 밑반찬이라는 것을 몰랐다. 매일 올라오는 일품요리
가 맛은 있는데 이런 날에는 연이가 꺼내 먹을 것이 없다
는 단점도 있었다.

　냄비에 물을 붓고 마른 누룽지 몇 조각을 넣어 끓였다.
밥상은 모름지기 한 상 가득 채워야 직성이 풀렸던 연이
였는데, 저녁밥이라 이름붙인 초라한 누룽지 그릇을 보면
서 눈물이 한 방울 맺혔다.

　연이는 그렇게 초라한 주말을 보내고 있었다.

5

캔버스

오전에 선영에게서 전화가 왔다. 모처럼 딸과 한가로이 지낼 생각에 연이는 기분이 좋아졌다. 겨울 초입인데 한 파가 기승을 부렸다. 오늘은 백화점에 간다니 두꺼운 옷 대신 블라우스 위에 포근한 갈색 카디건을 챙겨 입었다. 딸은 시트까지 데워서 따뜻해진 자가용을 몰고 연이를 데리러 왔다. 운전이라면 연이도 누구에게 빠지지 않을 만큼 잘 했었는데 칠 년 전에 운전면허를 자진 반납했다. 아쉬운 마음이 가득했으나 그렇게 인정할 건 인정하자고 생각하니 마음이 편했다.

딸과 생선 정식으로 점심을 먹었다. 늘 밥상에 올라오

는 고기 대신 고소한 생선구이가 식욕을 자극했는지 이 인분 모둠 생선을 깨끗이 비웠다. 기분 좋은 포만감에 여유로워진 모녀가 에스컬레이터를 타고 내려가다 문구점에 들렀다.

오래 전 연이는 문구와 완구를 겸한 작은 점포를 운영했었다. 알록달록한 돼지 저금통을 진열하면서 아이처럼 즐거웠던 기억이 있어서 문구점 아이쇼핑은 연이에게 즐거운 시간이었다. 딸도 그때 이야기를 하면 돼지 저금통과 딱지, 구슬을 기억해 내곤 했다. 요즘 문구점은 예전 물건들과는 비교할 수 없을 정도로 품질이 좋아졌다. 그때는 비닐포장에 가득 내려앉은 먼지를 떨이개로 털어내곤 했었는데.

진열대에 깔끔하게 전시된 제품들이 무척 고급스럽게 보였다.

선영은 환갑이 코앞인데 아직도 문구점이 좋다고 했다. 특히 펜 종류에 관심이 많았다. 손에 쥐는 느낌과 필기감이 똑같이 중요하다는 딸은 필기구 코너에서 많은 시간을 할애했다. 그날도 선영은 펜 쪽에 잡혀 있었다. 연이는 혼자 이리저리 구경하다 화구들이 전시되어 있는 곳에 발길이 멈췄다. 빨강 꽃들이 예쁘게 그려져 있는 캔버스가 눈에 들어왔다.

"저런 그림은 타고난 실력이 있어야 그리는 거겠지?"
혼잣말이 입 밖으로 새어 나왔다.

"엄마, 꽃 그림 그려 보실래요?"
어느 틈에 딸이 연이의 혼잣말을 들었나 보다.
"예쁘긴 한데 엄마가 저런 그림을 어찌 그리누."
연이가 지레 겁먹고 손사래를 쳤다.
"엄마는 잘 할 것 같은데."

딸은 항상 그렇게 말했다. 휴대폰을 스마트폰으로 바꾼 것도 딸의 권유와 격려 덕분이었다. 어린아이조차 손에 쥐고 다니는 스마트폰을 보며 신기했고 재미있어 보였다. 그러나 연이는 새로운 문물을 접할 때 항상 두려움이 앞섰다. '난 못 할 거야.' 그건 연이의 겸손이었다. 막상 어떤 것이든지 접한 이후에는 누구보다 잘 사용했고 그런 시작은 언제나 딸로부터였던 것을 연이는 고맙게 여기고 있었다.

"엄마, 저 그림은 밑그림이 그려져 있고 그림에 번호가 매겨져 있어요. 그냥 번호대로 물감을 발라주면 그림이 완성되는 거예요."

"많이 복잡해 보이는데 그렇게 그림이 된다고?"

딸은 처음 연이 눈을 끌었던 빨강색 꽃그림과 강아지 두 마리가 그려져 있는 캔버스를 구매했다. 집에 오자마자 그림 도구들을 연이 앞에 펼쳐 놓고 시범을 보였다. 연이가 미세하게 떨리는 손으로 붓에 물감을 적신 후 작은 부분부터 칠을 시작했다. 생각보다 섬세하게 매겨져 있는 번호들을 따라가는 일이 쉽지 않았다. 엉뚱한 색깔을 들고 캔버스 위를 헤매기도 했다. 칠을 거듭할수록 묘한 매력을 느꼈다. 한참 열중하다 멀찍이 그림을 놓고 쳐다보면 제법 형태가 잡혀갔다. 재미있는 물건이라 생각하며 연이는 그림에 푹 빠져들었다.

'그림 하나 가지면 한 달은 재미있게 그리실 수 있을 거예요.'라고 선영이 말했었는데 어느새 그림이 완성되었다. 밤을 꼬박 새워 그림에 몰두했던 연이는 그림이 완성되고 나서야 밤을 새웠다는 것을 알아챘다. 연이는 그

림을 스마트폰으로 찍은 후 딸에게 전송했다. 바로 전화
가 울렸다.

"엄마, 벌써 그림 완성하신 거예요?"
"그러게, 어쩌다 보니 완성이 됐네."
"아이고 엄마, 허리 안 아파요? 나도 전에 그거 비슷한
거 가지고 한 달 동안 그렸는데 뭔 일이래요."

걱정인지 감탄인지 평소 딸답지 않게 호들갑을 떨었다.
연이는 스스로 만족할 만큼 그려진 그림 앞에서 느끼는
피로감이 싫지 않았다. 무료하게 며느리 기분 살피며 지
내는 시간보다 훨씬 보람 있었고 완성했다는 성취감이 있
어서 좋았다. 물론 밀려오는 허리 통증은 어쩔 수 없이 그
녀가 감당해야 할 무게였지만.

연이는 이어서 강아지 그림에 도전했다. 또 하룻밤 만
에 두 마리 강아지 그림을 완성했다. 밑그림이 좋아서이
겠지만, 살아있는 것처럼 보이는 강아지 그림에 더 애착
이 갔다.

백화점 다녀온 지 사흘째 날에 여간해서 얼굴 보기 힘든 선영이 왔다. 엄마를 보러 온 건지 그림을 보러 온 건지 연이도 정확히 알 수 없었다. 어쨌든 딸의 얼굴을 보는 것은 기분 좋은 일이었다. 그림을 보던 선영이 한참 만에 그림이 미완성이라고 했다. 이유를 알 수 없어서 불안해하는 연이의 표정을 읽은 듯 선영이 웃으며 말했다.

"엄마, 화가 사인이 빠졌어요."

딸이 연이를 '화가'라고 칭했다. 펜으로 'SA'라고 써주면서 캔버스 우측 하단에 그려 넣으라고 했다. 연이가 떨리는 가슴을 다독이며 날짜와 사인을 그려 넣었다. 그렇게 연이의 첫 작품이 완성됐다.

"엄마는 화가 했어도 잘하셨을 거 같아요."

오랜만에 연이 얼굴에 행복한 미소가 피었다.

6

노치원

딸이 온다는 연락을 받으면 연이는 어린애처럼 들떴다. 유한 성격은 아니지만 그래도 딸이 오면 묵은 수다도 떨 수 있고 가끔 손에 들려오는 선물 보따리가 연이에게 맞춤한 것들이라서 역시 엄마를 잘 알고 있구나 생각이 들 때도 많다. 연이는 딸을 기다리는 시간이 설레었다.

간호사로 일하는 선영은 연이에게는 주치의나 다름없다. 늙어서 허리가 굽나 싶었는데 그것이 파킨슨병의 시작이었던 것을 알아낸 사람은 의사가 아니고 선영이었다. 장손자의 간경화를 알아보고 급히 수술을 진행할 수 있었던 것도 딸 덕분이었다. 동네 의사나 한의사도 알아내지 못했던 병을 단박에 알아보는 딸의 능력이 대단하다고 느꼈다. 연이 신경과, 신경외과, 정형외과, 치과, 안과, 이비인후과, 그리고 건강검진까지, 동네의원에서부터 대학병원까지 딸은 어찌 그리 잘 알고 찾아다니는지 연이는 고마움에 앞서 선영의 능력이 대단하다고 생각했다. 친구에게 딸과 병원 다니는 이야기를 하면 많이 부러워했다.

혼자만 아니라면, 형편만 좀 좋았더라면 세상 어디 내놔도 빠질 것 없는 딸이 고생하며 늙어가는 모습을 보면서 연이는 항상 가슴 한쪽이 저렸다. 이제 도와줄 체력도 경제적 능력도 없는 연이는 아픈 맘으로 간절하게 기도할 뿐이었다.

"엄마, 어르신들이 유치원처럼 아침에 갔다가 오후에 돌아오는 데가 있는데, 엄마 다니실래요?"

갑작스러운 딸의 말에 연이는 어리둥절했다.
'이 나이에 유치원이라니.'
연이는 딸의 첫 말을 이해할 수가 없었다.

"엄마, 유치원이 아니고 노치원이요. 아침에 선생님들이 집으로 와서 엄마를 모시고 학원 같은 곳으로 가서 다른 어른들이랑 같이 밥도 먹고 노래도 하고 춤도 추고 게임도 하고 새로운 것을 배우는 곳이 있다고 해요."

딸이 풀어서 설명을 해주니 연이도 이해가 됐다.

"그런 데 가면 돈 많이 들 거 아니야? 비쌀 것 같은데 어떻게 그런 데를 가!"

연이는 사람이 움직이면 돈이 따라 움직인다는 순리를 잘 알고 있기에 걱정이 앞섰다.

"엄마, 그건 내가 알아서 해요. 집안에만 있으면 엄마 심심하잖아요! 가서 새 친구도 사귀면 기분 전환이 될 거고 운동도 하니까 건강에도 좋을 거고."

딸의 말이 솔깃했지만 연이는 여전히 돈 들어갈 일이 걱정스러웠다. 손주들 유치원비로 백만 원이 넘게 들어갔다는 소식을 들었던 것도 오래 전인데 그 돈을 어찌 감당하려고, 라는 생각을 하면서 가지 말아야지 맘먹었다.

그날 선영은 싫다는 연이를 막무가내로 나서게 했다. 네 곳이나 다니면서 시설과 프로그램을 비교하고는 그 중 시설이 깨끗하고 식단도 좋아 보이는 주간보호센터 한 곳을 낙점했다. 국민건강보험공단에 서류를 넣었다 했고, 며칠 후 사회복지사가 와서 연이의 파킨슨병 상태를 살피고 갔다.

딸은 한번 결정하면 뚝심 있게 일을 추진하는 편인데 이번도 예외는 아니었다. 말 나온 지 열흘 남짓 됐을까? 선영이 서류 파일을 들고 왔다. 요양등급 4급을 받았다. 주간보호센터는 나라에서 지원해주는 노인복지프로그램이라서 연이가 걱정할 것 없이 재미있게 다니면 된다고 했다.

말은 안 했어도 연이는 등교를 앞둔 신입생마냥 설레는 기분을 느꼈다.

한참 후에 선영이 자기 부담금을 매달 꼬박꼬박 낸다는 것을 알았을 때는 이미 연이가 센터 재미에 퐁당 빠진 터라 안 간다고 할 수도 없었다.

'재미있게 생활하면서 딸에게 행복한 엄마를 보여 주는 것이 보답하는 길이다.'

아직은 연이에게 새로운 인생이 준비되어 있는 것을 아무도 알지 못했다.

7
백지만

연이가 약속 시간보다 십오 분이나 일찍 일층 현관 앞에 지팡이를 짚고 섰다.

약속시간에 늦는 법이 없는 그녀답다. 오늘은 설레서인지 이른 새벽부터 일어나 정갈하게 샤워하고 오랜만에 꽃단장했다.

남편은 연이 얼굴에 난 마마자국을 싫어했다. 그 때문인지 결혼생활 동안 연이는 맨 얼굴인 적이 없었다. 항상 단정한 화장으로 아침을 준비하면서 잠들 때까지 화장을 유지하도록 애썼다. 비싼 화장품은 아니지만 연이 화장대에는 최소한의 화장품이 정돈되어 있었다.

연이 화장 하이라이트는 핑크 립스틱이다. 언제부터 핑크색을 썼는지 기억나지 않지만 밝고 흰 그녀 피부에 진달래빛 고운 립스틱이 잘 어울린다고 느꼈다. 오늘 입으라고 딸이 사준 연한 핑크색 카디건을 입고 은사로 목련이 수놓아진 실크 스카프를 목에 둘렀다. 회색 모직외투와 연이의 꽃단장이 조화되어 제법 고급스러운 느낌이 맘에 들었다. 바람이 살랑 불었지만 춥지 않았고 기다리는 시간이 지루하지 않았다.

약속된 시간에 '찐 사랑 주간보호센터'라고 적힌 승합차가 연이 앞에 멈추어 섰다. 얼굴을 익혀 둔 선생님이 웃으며 인사했다.

"연이 어르신, 안녕하세요. 오늘부터 어르신을 모시게 된 박 선생입니다. 잘 부탁드립니다."
"연이 어르신, 저는 강 기사입니다. 잘 부탁드립니다."

연이라고 이름을 불러주는 두 분 선생님에게 친근함이

느껴졌다.

"잘 부탁드립니다."

아픈 허리 탓에 고개만 숙여 인사했어도 선생들은 연이의 부드러운 목소리를 통해 그녀의 다정함을 알 수 있었다.

한 마디 인사를 하는 동안 연이 얼굴은 발그레 상기되었고 가슴은 콩닥대고 있었다.

오빠 하나에 딸 다섯, 육남매에 맏딸 연이는 국민학교 졸업이 배움의 전부였다. 없이 사는 집도 아니었는데 그때는 왜 딸이 공부하는 것을 용납하지 않았는지 연이는 이해할 수 없었다. 교복 입고 등교하는 친구들이 부러워서 남몰래 숨어 눈물 짓던 일은 연이에게 평생 아물지 않는 상처였다. 남편의 학대를 받을 때는 그 설움이 더욱 커졌다. '내가 공부를 많이 했더라면 저런 사람 만나 이런 대접 받을 일이 없었을 텐데.'라는 생각이 들어 부모님을 원망했던 적도 많았다.

딸이 중학교 진학을 앞두었던 때, 연이는 자신이 입학하는 것처럼 기뻐하며 '딸과 함께 영어공부도 해야지.' 라는 바람을 갖기도 했다. 그러나 허튼 생각일 뿐 소망은 이루지 못했다.

처음이라는 단어는 나이와는 상관없이 설레는 일이었다. 직원의 도움을 받아 소지품 담은 가방에서 미리 준비한 실내화를 꺼내어 갈아 신었다. '사연이' 예쁜 이름표가 꽂힌 사물함에 가방과 외투를 넣고 널찍한 실내에 들어섰다.

부드러운 아침 햇살이 구석구석 퍼져 있는 따뜻한 거실, 편안해 보이는 가죽 소파가 줄지어 있는 공간에 연이보다 연배 있어 보이는 어른 원생들이 보였다. 언뜻 봐도 할머니의 숫자가 압도적으로 많았다. 박 선생의 안내로 새로운 친구들을 소개받았다.

"백지만입니다."

연이 가슴이 '쿵' 하고 내려앉는 소리를 들었다.

"처음 뵙겠습니다, 어르신. 사연이입니다."

고운 사람이네! 지만은 십오 년 전 죽은 아내를 떠올렸다. 핑크색 입술에 오래 눈길이 머물렀다.

많은 원생을 소개받았지만 연이는 다른 이름이 하나도 머리에 들어오지 않았다. '백지만'이라는 이름만 귓가에 맴맴 돌았다. 정체를 알 수 없는 두근거림이 나쁘지 않은 이유가 궁금했다.

노인 친구들은 연이에게 관심을 주지 않았다. 연이도 그들에게 선뜻 다가가지 못했다. 친구라 하기에는 노인들 나이가 많아 보였고 건강 상태도 썩 좋아 보이지 않았다. 하루종일 관찰해 보니 치매로 보이는 노인들이 많았다.

"휴, 쉽지 않겠어."

연이가 낮은 한숨을 토했다.

오후 네 시 하원 차량에 오르기까지 그녀는 낯선 분위기에 적응하지 못하고 어정쩡 불편한 하루를 보냈다. 아무래도 연이가 다닐 만한 곳이 아니지 싶었다.

8
저혈압

"연이 씨?"

누군지 모르겠다. 어제 인사를 했었던가? 기억나지 않
았다.

"반가워요, 연이 씨. 최호식입니다."
"네, 반갑습니다."
"제가 어제 결석했거든요. 그래도 연이 씨 새로 오신 건
벌써 다 알고 있답니다."

'벌써'를 강조하고 싶었는지 호식이 유독 그 부분만 길

게 늘여 발음했다.

어떻게, 뭘 알고 있다는 건지 몰라도 아무튼 반갑다 하니 한시름 놓았다. 호식이 있어서 그런지 어제와는 센터 분위기가 사뭇 다르게 느껴졌다. 살다 보면 저렇게 밝은 사람이 꼭 끼어 있다. 연이는 평생 재미없는 사람과 살아서 그런지 호식 같은 유쾌함이 좋았다.

등원하자마자 첫 프로그램은 혈압과 맥박, 체온을 측정하는 일이었다. 연이는 기립성 저혈압으로 여러 번 실신했던지라 매일 혈압을 측정하는 것이 중요한 일이기도 했다. 입소 서류에 적힌 보호자의 특별 주의사항 첫 번째가 실신 위험이었던 것을 혈압을 체크하던 간호 선생이 꼼꼼히 확인하고 있었다.

노인 학생들이 앞서거니 뒤서거니 들어와서 혈압을 체크하고 반갑게 인사 나누는 아침풍경이 정겹게 느껴졌다.

"어르신, 새로 오셨지요? 어제는 바빠서 인사도 제대로 못 드렸어요."

"네, 잘 부탁드려요."

위생복을 깨끗이 갖춰 입은 조리장이 아침 간식을 나눠 주면서 연이에게 다정하게 인사했다. 눈웃음이 매력적인 여인이었다. 그러고 보니 센터에는 많은 직원이 근무하는 듯했다. 운전을 해주던 기사님도 어제 올 때 갈 때 그리고 오늘 아침까지 모두 다른 얼굴이었다. 이 많은 직원들 월급 주는 것도 만만치 않겠다는 생각이 들었다, 쓸데없이. 그녀는 전날보다 긴장이 풀렸는지 슬그머니 편안해졌다.

연이는 그다지 간식을 즐기는 편이 아니라서 아침 간식으로 나온 쿠키 접시에는 손대지 않았고 요구르트 병에 빨대를 꽂아 마셨다. 옆에 앉은 효심이 양해도 구하지 않고 홀랑 연이의 간식을 집어가 제 입에 털어 넣었다.

'효심은 내 스타일이 아니군.'
연이는 기피대상 1호로 효심을 낙점했다.
호식이 연이 옆자리에 털썩 앉았다.

"연이 씨라 불러도 괜찮을까요? 내가 두 살 어리거든요. 설마 두 살 차이로 누나라고 부르길 바라는 건 아니죠?"

"아."

두 살 어리다는 말을 어찌 받아들여야 할지 난감했다.
얼굴은 까맣고 눈에는 노란 기운이 보였다. 배는 불룩한
데 어깨는 말랐다. 듬성듬성한 머리카락은 호호 백발이
다. 누가 봐도 열 살 이상 많아 보이는데.

'농담인가? 어떡하지? 친구하자는 건가? 연이 씨라,
흠.'

말문이 막힌 연이가 어색하게 웃었다. 자리를 피하는
것이 좋겠다 싶어 의자에서 벌떡 일어섰다.

휘청, 눈앞이 번쩍했고 연이는 바닥에 통나무처럼 쓰
러졌다.

놀란 원장과 교사와 원생들이 연이의 주변으로 단숨에
몰려들었다. 비명을 지르는 효심도, 바로 옆에 앉아 있다
갑자기 원흉이 된 호식도 그리고 아까부터 두 사람에게서
시선을 떼지 못하고 있던 지만도 놀란 강도(強度)는 같았

다. 의자에서 천천히 일어나야 했는데 호식에게서 벗어나려 급하게 일어난 것이 원인이었다. 딱 3초만에 연이는 원내 최고 화제 인물이 되었다.

바닥에 누운 채 정신이 든 연이. 여러 번 경험을 통해 자신에게 일어난 일이 그렇게 특별한 일이 아니라는 것도, 다른 사람이 많이 놀랐다는 것도, 곧 딸에게 연락이 갈 것이라는 것도 다 알고 있지만 여전히 바닥에서 일어나지 못했다. 아니, 눈을 뜰 수가 없었다. 이유는 많았지만 가장 먼저 생각나는 것은 '창피하다'였다.

혼자 일어나는 것은 어차피 불가능한 일이고, 쓰러지면서 골절되지 않았다면 가벼운 부축으로 일어나고 싶었다. 그러나 현실의 몸은 너무 무거웠다. 두세 명이 달려들어 일으키려고 할 텐데 첫인상으로 남기기에는 영 예쁜 그림이 아니다.

예상한 대로 원장이 선영에게 먼저 연락했고 이런 상황을 잘 아는 선영은 놀란 원장을 달래며 거꾸로 상황을 수습했다. 119 구급대원들이 도착해서 외상 여부를 파악하

는 중간에 선영도 도착했다. 연이는 구급차를 타고 딸이
근무하는 병원에 입원했다.

"괜찮지, 엄마?"

"괜찮지 뭐. 다른 사람들이 많이 놀랐겠다."

"혹시 몰라서 머리부터 발끝까지 사진 다 찍었는데 특
별한 건 안 보인대요."

"그럼 퇴원하자."

"그래도 하루 지켜봐야 하니까 내일 퇴원해요."

'내일 센터에 가야 하는데.'

연이는 이 사태를 어떻게 수습해야 하나 고민됐지만 그
건 차차 생각해 보기로 맘먹었다.

9
센터의 센터

이유야 어찌 됐든 연이는 단숨에 '센터의 센터' 자리를 차지했다.

아침저녁으로 만나는 운전기사부터 원장까지 그들의 관심은 단연코 연이의 무사 등원과 안전귀가였다. 때와 장소를 가리지 않고 연이 옆자리에 있는 사람은 그녀가 움직일 때면 손을 잡아 주었다. 코가 땅에 닿게 허리 굽은 노인들도 연이에게 손을 내미는 건 매한가지였다. 연이는 갑자기 쏟아지는 관심에 살짝 부담을 느끼면서도 사람들의 주목이 싫지 않았다.

"괜찮아요? 정말 괜찮은 거예요?"

호식이 달려와서 호들갑스럽게 연이의 안부를 물었다.

"괜찮아요, 걱정 끼쳐드려서 미안합니다."

"나 여태까지 살면서 그렇게 통나무 쓰러지듯 넘어가는 것 처음 봤거든. 완전 심장이 멎는 줄 알았어요. 내 심장 고장 나면 연이 씨 때문인 줄 아세요."

역시 호식답다. 마무리 말은 어디서 한 번쯤 들어 본 말인데 웃음으로 끝내는 것을 보면 고백은 아닌 것 같아 다행이었다. 그제와 같은 아침이 반복됐다.

아무튼 연이가 원한 것은 아니지만, 화끈한 이벤트를 통해 센터 노인들과 가까워진 듯해서 오히려 편안해졌다.

노래방 화면이 켜졌다. 다른 주간보호센터에 다니는 친구에게 노래 시간에 대해 이미 들은 바 있어서 연이도 마음의 준비를 했다.

예상대로 시작은 호식이었다.

'그럴 줄 알았다, 호호.'

연이는 좌중을 둘러보며 모인 이들 중에서 호식과 연이가 그중 젊은 축에 든다는 걸 알았고 활달한 호식이 먼저 나설 거라는 생각을 하고 있던 참이었다. 익숙하게 번호를 외워서 누르는 호식의 손길이 예사롭지 않은 것을 보면 노래방에 돈깨나 바쳤겠다는 합리적 의심을 할 수 있었다.

신나는 반주가 나왔다. 마이크를 잡은 호식이 오른쪽 왼쪽으로 몸을 흔들며 박자를 맞췄고 벌써 일어나 손을 마주잡고 춤추는 커플도 있었다. 모두 손뼉 치며 기계 반주에 흥을 더했다.

언제나 내겐 오랜 친구 같은
사랑스러운 누이가 있어요
보면 볼수록 매력이 넘치는
내가 제일 좋아하는 누이

......

언제나

사랑하고 있어요

영원히

사랑하고 있어요

처음 들어보는 노래였다. 연이는 노랫말에 신경을 써 가며 호식의 열창을 들었다. 멋진 노래를 기대했던 것이 무색하게 호식은 노래를 망쳤다. 아니, 그것이 호식의 노래 실력 전부인 것 같았다. 연이는 좋은 노래를 새로 알게 되어서 좋았다 생각하며 손뼉을 쳤다. 노래 못하는 사람이 유독 마이크를 놓지 않으려 한다더니 노인들도 다르지 않았다. 호식은 그 후에도 두 곡이나 더 불렀고 역시나 꽝이었다.

어지간히 불렀는지 세 번째 곡을 마친 호식이 사회자 목소리로 말을 이어갔다.

"여러분, 혜성같이 등장해서 우리 모두를 심장마비 걸려 죽게 만들 뻔한 우리 센터의 막내 사연이 양을 소개합니다. 박수!"

'막내라고, 어이없네.'

호식의 멘트가 살짝 거슬렸지만 연이는 웃는 얼굴로 마이크를 받아 들었다.

"처음 오자마자 여러 어르신들을 놀라게 해 드려서 죄송합니다. 앞으로 잘 부탁드립니다."

예의 바른 연이는 몸에 밴 인사성을 십분 발휘하여 정중한 인사를 하고 호식의 도움을 받아 선곡했다.

비가 오면 생각나는 그 사람
언제나 말이 없던 그 사람
사랑의 괴로움을 몰래 감추고
떠난 사람 못 잊어서 울던 그 사람

......

안녕이란 단 한마디 말도 없이
지금은 어디에서 행복할까
어쩌다 한 번쯤은 생각해 줄까
지금도 보고 싶은 그때 그 사람

연이는 딸과 함께 이 노래를 부르던 때를 생각했다.

선영이 대학 3학년 때. 축제에 초청되어 다른 참가자들과 어울려 장기자랑을 했던 그때 딸과 함께 이 노래를 불렀었다. 이후에 연이는 이 곡을 십팔번 삼아 부르곤 했다.

못 배운 설움을 딸에게서 풀어 보고자 어려운 살림에도 딸을 대학교에 보냈을 때 연이는 세상을 다 가진 것 같았다. 비록 처음 원했던 유명 대학에는 낙방했어도 딸은 어렵다는 간호학과 공부를 장학금을 받고 다닐 정도로 우수한 대학 시절을 보냈고 간호사가 됐다. 덕분에 연이는 주치의를 옆에 둔 것처럼 든든한 노후를 보내고 있다고 생각하며 행복을 느꼈다.

"우와아 잘한다!"
"가수다 가수야!"

우렁찬 함성과 함께 박수가 쏟아졌다. 선생들도 원생들도 이구동성으로 연이의 노래를 칭찬했다.

'노인들도 이렇게 표현을 할 줄 아는구나!'
연이도 예상치 못했던 반응에 놀랐다.
그때 수줍어하는 연이를 귀엽다는 표정으로 바라보는 한 사람이 있었다.

연이는 첫날 그를 소개받았을 때의 떨림을 아직 이해하지 못했다.

'백지만입니다.'

그녀는 젊을 때에도 반듯한 저음의 목소리로 예의 바르게 말하는 남자에게 끌렸었다. 남편도 그런 편에 속했다. 연애 한 번 못해본 연이가 처음 본 남자, 오빠 친구였던 그 사람이 결국 연이의 단 하나뿐인 남자가 되었다. 적어도 약혼 시절까지 남편은 어린 연이가 그리던 이상형이었다. 일찍 돌아가신 어머니 이야기를 하며 눈물을 보일 때 연이는 '이 사람의 어머니 역할까지 해 주겠다' 생각했고 평생을 바쳐 성실한 아내이고자 노력했다. 그러나 남편은 상대적으로 돋보이는 아내에게 항상 불안했었다. 마음으로는 넘치는 사랑을 표현하고 싶었는데 안타깝게도 방법을 몰랐다. 그의 서툰 사랑은 점점 더 어린 아내에게 상처를 만들었고 평생 지울 수 없는 못 자국을 연이 가슴에 깊이 새겨놓았다.

'전선야곡'

노래방 화면에 네 글자를 보면서 연이는 여전히 남편을 떠올리고 있었다. 그는 노래를 무척이나 좋아했다. 평소에는 조용히 듣기만 했고 어쩌다 기분 좋게 취한 날이면 골목 밖에서부터 노래를 불렀다.

전선야곡
불효자는 웁니다.

비 내리는 고모령

두만강 푸른 물에

노래들의 공통점은 어머니, 그리움이었다.

노년에 산속 생활을 몇 년 했을 때 남편이 가장 좋아했던 것은 오디오 볼륨을 한껏 올리고 본인이 만든 스피커로 노래를 듣는 것이었다. 많이 늦었지만 그제야 알콩 달콩 노을빛 결혼생활을 즐기던 두 사람이 가장 행복했던 순간에 배경음악처럼 듣던 그 노래.

연이는 지만의 선곡에서 남편을 보고 있었다. 그의 노래는 단정한 외모만큼이나 준수했다. 특별한 기교 없이 담백하게 부르는 노래가 연이를 살짝 설레게 했다.

……

정안수 떠놓고서 이 아들의 공비는

어머님의 흰머리가

눈부시어 울었소

아아아 쓸어안고 싶었소

연이는 노래를 듣는 내내 커져가는 떨림에 당황했다. 이 나이 먹도록 느껴보지 못했던 낯선 감정. 반주가 끝날 무렵 연이가 살짝 눈물 찍어내는 순간을 지만이 유심히 보고 있었다.

10

천사

점심 먹기 전 한가한 오전이었다.

예정되었던 프로그램이 강사 개인 사정으로 취소되었다. 갑자기 생긴 자유시간에 뭘 할까 궁리하고 있는데, 호식이 지만의 손을 잡아끌며 속삭이듯이 말했다.

"형님, 연이 씨 전화번호 딸까요."

'연이 씨'라는 호칭이 영 맘에 걸렸다.

'저보다 두 살이나 많은데 연이 씨라고? 누님도 아니고, 쳇.'

지만은 호식이 연이를 가깝게 대하는 것이 영 못마땅했

다. 그런데 호식이 연이의 전화번호를 따 준다니 좋아해
야 하는지 화를 내야 하는지 잠시 흔들리는 감정을 추슬
러야 했다.

아무도 없는 사무실에 잠입 성공!

"여기 연이 씨 서류 있어요."

연이의 서류철이 원장 책상에 가지런히 놓여 있었다.

"전화번호 부를게요."
"적을 게 없는데."
"아, 저기 있네요."

호식이 책상 위 필통에서 모나미 볼펜 한 자루를 꺼내
주었다. 적을 종이도 없다.

"아이 참, 꾸물대기는. 어서 적어요."

핀잔을 주던 호식의 입에서 숫자들이 흘러나온다.

"0-1-0-*-*-*-*-1-0-0-4."

지만은 손바닥에 한 글자씩 번호를 적어 나가고, 돋보기를 끼지 못한 호식은 서류를 가까이 멀리 움직이며 숫자를 불렀다. 그가 개구쟁이처럼 낄낄 웃었다.

"키키, 연이 씨 전화번호 알아냈다."

뭐가 그리 신나는지 겉으로는 호식이, 속으로는 지만이 기뻐하며 서류를 원래 자리에 두고 아무 일 없다는 표정으로 사무실을 나왔다. 외출에서 돌아오던 원장이 그 모습을 지켜보며 못 본 척 미소만 짓고 있었다.

지만은 사물함에서 가방을 꺼내고 그 속에 있던 작은 수첩을 펼쳤다. 어지럽게 쓰인 전화번호 페이지를 넘기고 비어 있는 페이지를 선택했다. 또박또박 연이의 이름과 전화번호를 소중하게 적고 한참 동안 그것을 들여다보았다.

'1004, 천사. 전화번호도 연이에게 꼭 맞춘 듯하다.'
생각하며 가방 깊숙이 소중한 물건인 양 수첩을 넣고 사물함 문을 닫았다.

소파로 돌아온 지만이 고개 돌려 연이를 찾는 듯 주위를 둘러보았다.

"분명히 아침에는 봤는데, 어디 갔나?"

궁금함에 지만이 연신 고개를 돌리다가 아뿔싸, 효심과 눈이 마주쳐버렸다. 걸걸하게 웃으며 왼쪽 새끼손가락 반지를 가리키고 자랑질하는 효심. 지만과 눈이 마주친 효심이 엉덩이를 흔들며 연이가 전용으로 사용하는 워커(보행보조기)를 밀며 다가왔다. 그 순간에도 연이가 없다는 사실을 확인한 듯해서 지만은 기분이 좋지 않았다.

"남의 보행기를 밀면 어째, 흥."

퉁명스러운 혼잣말을 입 밖으로 뱉으며 어디론가 피하려는데 마음 따라 뛰어야 하는 다리가 오늘은 더 움직이질 않았다. 어느새 효심이 다가와서 왼손에 반지를 들어 보이며 또 자랑을 시작했다. 그 소리가 듣기 싫은 지만은 주머니 속 이어폰을 양쪽 귀에 아무렇게나 끼우고 못 들는 척했다. 아직 서툰 스마트폰 사용 때문에 아무런 음악도 찾지 못했지만, 그냥 그렇게 지만은 효심에게서 벗어나고 싶었다. 머쓱해진 효심이 다른 무리에게 가는 것을 보고 나서야 지만은 이어폰을 빼서 주머니에 넣었다.

'오늘은 재미없는 하루가 될 것 같네.'

지만은 왠지 쓸쓸한 기분이 들었다.

11

아빠

"엄마, 나 쉬는 날인데 점심 맛있는 거 먹을까요?"

"딸 쉬는 날은 자야지 괜찮겠어?"

엄마는 좋으면서 그렇게 한 번 더 질문하는 분이다. 선영은 그런 엄마의 습관을 잘 알기에 더 물을 필요 없이 엄마를 모시러 주간보호센터에 갔다. 힘들 때면 고기를 드시고 싶어하는 엄마 식성도 이미 아는데, 엄마 역시 고기를 싫어하는 딸의 식성을 알기에 오늘도 변함없이 연이가 고른 메뉴는 냉면이었다.

아빠랑 함께 가족들이 자주 들르던 식당.

아빠가 떠난 후 처음 들른 식당, 자주 앉던 좌석에 그녀들이 자리 잡았다. 주문을 마친 선영이 목에서 우두둑 소리 나게 고개를 돌렸다. 그때 눈을 의심하게 하는 한 사람이 거기 있었다.

"아빠?"

중절모를 단정하게 쓴, 뒷모습이 돌아가신 아빠를 빼다박은 어르신이 보였다.

"엄마, 저기."
"엄마는 들어오면서 봤지, 딸은 이제 봤구나?"

연이도 돌아볼 만큼 아빠를 닮은 어르신. 선영은 그분 뒷모습에서 눈을 뗄 수가 없었다.

이유 모를 눈물이 울컥 쏟아져 내렸다. 아빠가 떠난 지 어느새 이 년이 지나고 있었다. 한 달에 한 번은 아빠 계신 납골묘에 꽃 들고 가서 참배하고 방명록에 편지도 남겼다. 그런데 선영이 그만큼 아빠를 그리워하고 있었는지 그녀도 몰랐다. 서빙하러 직원이 왔지만 선영의 눈물은 멈추지 않았고 머쓱해하는 직원에게 연이가 대충 상황을 설명했다. 아빠와 너무 닮은 그 어르신은 혼자서 냉면을 드시고 있었다.

눈물을 수습한 선영이 계산대로 갔다.

"저기 계신 어르신, 자주 오시는 분이세요?"

"네, 저희 단골이세요, 가끔 혼자 오셔서 식사하세요."

"어르신 식사비를 제가 내고 싶은데 괜찮을까요?"

"저 어르신 단골이시라 저희가 잘 아는데 돈 많으신 분이세요."

"돌아가신 제 아버지와 정말 많이 닮으셨어요. 그냥 아버지 생각나서 그러는데 한 번만 식사 대접하고 싶어서 그래요. 제가 냈다 하지 마시고 나가실 때 간단히 설명하시고 늘 건강하시길 바란다고 인사만 전해주세요. 감사합니다."

선영이 자리에 돌아오고 머지않아 식사를 마친 어르신이 계산대로 향했다. 직원에게서 상황을 들으신 그 어른이 잠시 당황한 듯했으나, 아버지 생각해서 식사를 대접하고 싶다는 말을 마저 듣고는 "하늘에 가 계신 아버지가 딸을 많이 아끼셨나 봅니다. 혹시 다음에 또 오거든 잘 대접받았고 고맙게 생각한다고 전해주세요." 라며 인자한 미소를 남기고 떠났다.

식사를 마친 모녀가 납골당으로 향했다. 높직한 자리에서 두 여자를 내려다보시는 아빠가 "딸, 오늘 참 잘했다." 라고 말씀하시는 것 같았다.

선영 눈에 연이도 오랜만에 편안해 보였다. 엄마 역시 그 어르신에게서 아빠의 모습을 본 듯했다. 두 여자가 한 남자를 그리워하는 날이었다.

"엄마, 이제 밥 시간 됐다고 급하게 올 일 없겠네요."
"그러게, 평생 밥 시간에 매여 살았는데 이제 안 그래도 되겠다."
"엄마, 이제는 좀 놀면서 살아요. 친구들이랑 여행도 다니면서."
"그러면 얼마나 좋겠냐만 허리가 따라 줄지 모르겠어."
"……"

선영은 연이의 말에 이어갈 만한 문장이 떠오르지 않았다. 평생을 당신 손으로는 차려 놓은 밥상 한번 가져다 드시지 않는 아빠 때문에 엄마는 한순간도 편하게 어디에 엉덩이 붙이고 수다를 떨어본 적 없이 살았다. 그러면서도 밥 시간에서 일 분이라도 늦으면 그 밥상은 고스란히 팽개쳐지기 일쑤였으니 밥 시간에 대한 공포는 평생을 따라다닌 족쇄였다.

칠팔 년 전부터 진단받은 파킨슨병으로 인해 엄마는 허리를 바로 펴지도 못하고 꼬꾸라질 듯 종종걸음을 걸었다. 내색 없이 지냈지만 많이 불편하다는 것을 선영은 알았다. 관절염으로 소복이 부어 오른 무릎도 연이의 불편을 더하는 요인이었으니 무슨 재주로 여행을 다니려나.

젊은 시절 여장부로 소문났던 엄마의 당당함을 선영은 선명하게 기억한다.

외할아버지를 닮은 엄마는 키가 컸고 몸도 날씬하여 어디서든 돋보이는 분이었다. 반면 아빠는 160센티미터 겨우 넘는 키에 체중도 50킬로그램을 넘어 본 적이 없는 왜소한 분이었다. 건강도 좋지 않았다. 까무잡잡한 데다 웃음기라고는 전혀 없는 볼품없는 남자. 어쩌면 아빠는 자신의 콤플렉스 때문에 엄마에게 더 심하게 굴었는지도 모르겠다고 선영은 생각했다.

선영이 어렸을 때는 아빠를 정말 이해할 수가 없었다. 엄마에게 왜 저렇게 심하게 대하는지, 엄마가 뭐가 부족하다고. 그럼에도 불구하고 엄마는 천성이 상냥하고 활달했으며 성품도 착해서 모두에게 사랑받는 분이었다. 솜씨도 좋아서 요리, 바느질, 힘쓰는 일까지 어느 것 하나 빠지지 않았고 자동차 운전에 오토바이 운전까지 못하는 것 없이 척척이었다. 어디서든지 빛나지 않을 수가 없었다.

어린 선영은 그런 엄마가 학교에 오는 것이 좋았다. 학교 운동장 저만치 끝에 있어도 엄마는 누구보다 먼저 보였고 친구들도 제 엄마보다 우리 엄마가 더 먼저 보인다고 할 정도였다. 육십이 되어가는 지금도 초등학교 동창생들은 젊은 시절 엄마를 회상하며 엄마의 안부를 묻곤 했다. 그럴 때마다 이제 허리 굽고 무릎이 아파서 지팡

이를 짚고도 힘들어하는 엄마를 떠올리며 선영은 가슴
이 먹먹했다.

12

오수(午睡)

점심 식사 후 두 시까지는 오수(午睡) 시간이다.

꼭 잠을 자는 것은 아니지만 낮잠 이불을 각자 펴고 누워 쉬는 시간. 아침 일찍 서둘러 등원한 때문인지 오전 내 프로그램에 참여하느라 피곤했던 노인 원생들은 모두 이 시간을 좋아했다. 물론 등원하자마자부터 이불을 깔고 누워서 하루를 보내는 삐딱이들은 여기에도 있었다.

신사 방. 호식은 머리가 베개에 닿자마자 코 고는 소리로 침상을 흔들었다. 눈살 찌푸린 지만이 빨리 이어폰 사용에 익숙해져서 이 시간의 자유를 지키고 싶다 생각하며 옆으로 누웠다. 잠이 청해지질 않았다. 전에 들었던 연이

의 노랫소리가 귓전에 맴돌았다. 젊은 시절부터 알고 있
던 노래인데, 연이를 통해 전해지는 노랫말 한 소절 한 소
절이 새롭게 느껴졌다.

'외로운 병실에서 기타를 쳐주고
위로하며 다정했던 사랑한 사람'

그 사람이 누구일까 생각을 하다 지만이 멋적은 미소를
흘렸다. '노래 가사잖아, 크크.'
그렇게 지만도 오수(午睡)에 빠져들고 있었다.

숙녀 방에 누운 연이가 왼쪽으로 돌아서 고른 숨을 쉬고
있다. 허리가 아픈 이후부터 연이는 바로 누워 잠들 수가
없었다. 항상 왼편으로 누워 팔을 베개 삼아 깔고 눕는 연
이의 수면 자세는 보는 사람을 불편하게 했지만 정작 연
이는 그 자세가 편했다.

연이는 결혼 이후 한 번도 낮잠이라는 호사를 누려 본
적이 없었다. 스무 살 새댁 시절에는 시부모님을 모셔야
했기에 그럴 수밖에 없었다고 쳐도, 분가해서조차 연이는

낮잠을 즐길 형편이 안 됐었다.

퉁명스러운 남편은 목수 일을 했다. 시아버님도 이름난 대목이셨고 남편 역시 인근에서는 솜씨 있다 알려진, 말하자면 가업을 이은 셈이었다. 일이 없는 겨울이면 거의 술병을 끼고 베개를 친구 삼아 지내곤 했었다. 쉬는 날이 길어지면 술에 취해 더 포악을 떨었다. 연이의 겨울은 그렇게 우울과 불안을 반복했다. 남편 나이 일흔 중반 즈음에서부터 철이 났는지 사나움을 조금 덜어낸 듯 했다.

연이가 낮에 아랫목에 누워 본 것은 그즈음이 처음이었다. 그러나 아주 짧은 낮잠도 연이에게 주어진 복이 아니었는지 스스로 듣고 놀랄 정도로 심한 잠꼬대에 시달렸다. 꿈에서 연이는 참아온 세월에 대한 복수라도 하듯 만나는 모든 사람과 싸웠다. 가끔 실제로 주먹을 날리기도 했다. 일상에서 억누른 감정들이 무의식에서 표출되는 것일까. 밤에는 그 증상이 거의 발작에 가까웠다. 잠꼬대라고 말하기 어려울 정도로 연이의 목소리는 크고 생생해서 꿈꾸는 상황을 중계방송하는 듯했다. 그런 이유로 연이는 잠을, 특히 본인 침대가 아닌 다른 곳에서 자본 적이 없었다.

잠드는 대신 연이 역시 지만을 생각하고 있었다. 나이에 어울리지 않게 힘찬 목소리로 부르는 전선야곡은 연이도 원래부터 좋아하는 곡이라서 소리죽여 따라 불렀다.

'어머님의 흰머리가 눈부시어 울었소…….'

약속하지 않았는데도 두 사람은 그렇게 같은 장면에 멈춰서 오수(午睡)를 즐기고 있었다.

13
아메리카노

    토요일 오후, 첫눈이 내리려는지 꾸물거리는 날씨 따라 오른 무릎이 콕콕 쑤셨다.

    지만은 읽던 페이지에 뾰족하게 깎은 연필을 끼워 표시하고 책을 접었다. 누가 왔는지 인터폰이 요란하게 울렸다. 다리를 끌며 일어난 지만은 인터폰 화면에서 둘째 며느리 수지를 확인한 후 꾹꾹 버튼을 눌러 주차장 출입문을 열었다. 이내 현관 도어까지 열고 노루발을 내려놓았다. 수지는 혼자 지내는 시아버지 프라이버시를 존중한다며 항상 초인종을 눌렀다. 가끔은 제 스스로 열고 들어와도 될 걸 유난 떤다는 생각이 들기도 했지만, '유학까지 한 며느리라서 매너가 있다'로 정리한 이후부터는 별로 개의

치 않았다. 수지의 방문은 항상 요란해서 조용한 지만에게는 달갑지 않은 손님이었다.

수지는 엘리베이터 문이 열리면 현관 밖에서부터 "아버님 저 왔어요오오." 라며 콧소리를 냈다.

"오냐, 추운데 오느라 애썼다. 안 와도 괜찮다니까 쓸데없는 걸음을 하는구나."
"아버님 혼자서 지내시기 어려우실 텐데 제가 도울 거 있음 해 드려야죠오오."
"괜찮다니까 그런다."

여기까지는 매번 반복되는 둘의 인사였다.
지만은 애초에 깔끔해서 청소며 빨래를 남의 손에 맡기는 성격이 아니었다. 그래서 이렇게 불쑥 오는 며느리가 가끔은 불편하게 느껴지기도 했다. 손주 녀석들이나 데리고 오면 또 모를까, 홀시아버지가 며느리랑 둘이서 대화하는 것이 지만에게는 썩 편한 시간이 아닌 것을 수지에게 설명할 방법이 없어서 매번 같은 인사를 되풀이하고 있는지 모르겠다.

"아버님, 부산 형님이 아버님한테 해물볶음 보냈다는데 받으셨어요?"

"아직 못 받았는데."

"형님이 아버님 해물볶음 좋아하시나 보다고, 받아서 해 드리라고 그랬는데……."

말끝을 흐리는 수지의 어투에서 '뭔가 궁금하다'는 뉘앙스가 풍기는 것을 지만은 알 수 있었다. 하기야 혼자 살면서 평소에는 두 팩 정도면 충분히 먹는다고 했던 지만이 해물을 여덟 팩이나 보내라 했으니 궁금할 수도 있겠다.

부산 사는 큰아들 내외가 올 때면 진공 포장된 해물볶음을 가져오는데 맛도 괜찮고 무엇보다 편리하게 조리할 수 있어서 좋다 여긴 것은 사실이었다. 식탐 없는 지만이 갑자기 평소보다 네 배나 많이 주문하는 것은 이례적인 일이라서 아이들이 궁금했던 모양이었다. 그렇다고 어려운 시아버지에게 며느리 입장에서 꼬치꼬치 캐 물을 수 있는 것도 아니니 궁금한 채 있을 수밖에.

궁금증을 해소하지 못한 수지가 여전히 미스터리한 눈빛을 지닌 채 청소할 것이 없음을 확인하고는 안녕히 계시라는 인사를 남기고 떠났다.

지만은 이렇게 한바탕 소란을 떨면 답답함을 느꼈다. 산책하러 외투를 걸치고 단장을 짚었다. 빼꼼 현관문을 열려는데 아직 엘리베이터가 도착하지 않았는지 수지 목소리가 들렸다.

"아버님 댁에 청소하러 왔는데 춥고 힘들어 죽겠어요."

소리 나지 않게 현관문을 닫고 돌아서는 지만. 쓸쓸함이 밀려왔다.

나쁜 짓 안 하고 살아 복을 받았는지 운 좋게 재산이 모였다. 십 오 년 전 아내가 죽고 혼자 지내던 지만은 육 년 전에 유산 상속을 했다. 바다를 좋아하던 아내가 원해서 퇴역 후에는 큰아들이 사는 부산에서 오랫동안 살았었다. 그때 살던 이층 단독 주택은 관리하기도 어렵고 혼자 사는 데 과하다싶어 큰 아들네 넘겨주었고 아파트 한 채 팔아서 반은 작은 아들 집 평수 넓히는데 쓰라 주고 반은 딸에게 비상금으로 챙겨주었다. 경매로 사두었던 상가 건물도 값이 어지간히 올라 여기 둘째 아들 근처로 이사할 때 팔았다. 작은 아파트 하나 사고도 통장에 넉넉하게 노후자금을 준비해 둘 수 있었다. 혼자 살면서 적어도 죽기 전까지 자식들에게 손 벌리지 않아도 되는 것을 다행이다 여기며 조용히 살아가는 지만인데, 그가 들은 며느리의 말은 충격이었다. 누가 와달라고 한 적도 없고 와서도 뭐 한 거 있다고 힘이 드네 마네 떠벌이는지 알 수가 없었다. 재산 받기 전과 후가 너무도 다른 수지의 행실에 지만이 부르르 떨었다.

거실로 돌아와 소파에 앉은 지만은 밀려오는 분노와 고독에 안절부절못했다. 거실 창에 비치는 초라한 노인이 분노에 찬 지만을 쓸쓸한 눈으로 보고 있었다.

여전히 가슴을 누르는 돌덩어리가 치워지지 않아 갑갑한 지만이 외투를 걸치고 밖으로 나왔다. 회색 하늘이 지만의 기분을 닮았다.

갈 곳이 생각나지 않았다. 이럴 때 회포를 풀 친구라도 있으면 좋겠지만, 평생 군인으로 떠돌며 살아온 지만에게는 남아있는 친구가 한 명도 없었다. 경로당에 나가봐도 나이 먹어서 친구 사귀기는 역시 어려웠다. 젊어 군견을 관리했던 지만은 늙어서도 제 성깔 하나 다스리지 못해 강아지만도 못한 늙다리들과는 애당초 어울리지 않았다. 그러는 사이 지만이 더 까탈맞은 성격으로 변하고 있는지도 모르겠다.

가을 깊어 나목이 된 가로수에는 누군가 입혀 놓은 털실 옷이 알록달록했다. 겨우내 나무의 추위를 막는 것은 물론 병충해를 막고 면역력도 키울 수 있기 때문에 나무에게 옷을 입힌다고 들었다. 사람보다 나무가 더 관심을 받는 세상이라 생각하니 허허로운 기분이 살갗을 스치며 굽은 어깨를 더욱 움츠리게 했다.

갈 곳을 정하지 못한 지만의 발길이 제멋대로 미술관 쪽으로 향했다. 도심을 슬쩍 벗어 난 곳에 공연장과 미술관

체육관을 갖춘 복합시설은 혼자 시간을 보내기에는 맞춤한 곳이어서 지만이 종종 찾는 곳이기도 했다. 작년부터 무릎 관절 통증이 심해진 탓에 운동은 할 수 없지만 공연장과 미술관은 다닐 만했다. 운이 좋을 때는 괜찮은 전시회를 무료로 볼 수 있는 것 또한 그의 발걸음을 향하게 하는 이유였으니 어쩌면 미술관으로 향하는 발걸음은 익숙한 거동이었다.

기분 때문인지 지팡이에 의지한 한걸음 한걸음이 유난히 힘에 부쳤다.

새로운 기획전이 없어서 미술관도 썰렁했다. 전시장 두 군데를 돌아보고 지만은 손님 없는 노노카페에 들어가서 아메리카노 한 잔을 주문했다.

"뜨거운 아메리카노 한 잔 레귤러 사이즈에 샷 추가해서 테이크아웃으로 부탁합니다."

이렇게 커피를 주문할 때마다 지만은 기분이 가벼워졌다.

젊은 애들이 다니는 카페에서 같은 주문을 했을 때 예쁘

장하게 생긴 청년이 놀라는 눈으로 바라본 이후, 지만은 항상 똑같이 주문하는 습관이 생겼다. 노인들은 믹스커피만 먹는 줄로 아는 어린 놈들에게 보내는 반항이랄까.

주문을 받은 육십 대 중반으로 보이는 여자 직원이 알아듣지 못한 듯했다. 그럴 수도 있겠다 싶어 지만은 참을성 있게 기다렸다. 책임자로 보이는 젊은 여자가 다시 와서 주문을 확인하고도 한참 지나서야 지만은 따뜻한 아메리카노 한 잔을 받았다. 손님도 하나 없는 카페에서 커피한 잔 받기까지 족히 십 분 이상 걸렸지만 지만은 조바심내지 않았다. 살아온 긴 시간에 비하면 그깟 십 분쯤은 터럭만큼도 아닌 것을. 오히려 지만은 '그 기다림을 내가 너무 즐기는 것은 아닐까? 주문을 이해하지 못해 불안하던 직원에게 폐가 된 것은 아닐까?'라며 반성하고 있었다.

'다음부터는 노노카페에서 아메리카노를 그렇게 주문하지 말아야겠다.' 혼잣말을 웅얼거리며 앉을 곳을 물색하는데 창 너머에 익숙한 모습이 보였다.

"잘못 봤나?"

지만은 입 밖으로 소리 내어 한 문장을 말하고는 이내 소리를 죽였다. 연이가 가을 깊은 벤치에 혼자 앉아 먼 산을 보고 곁에 검은 개 두 마리가 꼬리 흔들며 앉아 있는 모습이 밀레의 그림을 만난 듯 평화로웠다.

지만은 잠시 망설이다 카페에서 나와 천천히 연이 쪽으로 발걸음을 옮겼다.

"흠, 흠."

인기척에 놀란 연이가 벤치 안쪽으로 움찔 움직였다.

"어르신, 어떻게 여기서 만나요?"

지만은 잠시 미간이 찌푸려 드는 것을 느꼈다. 나이 차이가 좀 나기는 하지만 연이가 항상 지만을 어르신이라고 호칭하는 것이 맘에 들지 않았다. 호식에게는 '호식 씨'라고 하며 웃기도 잘하면서 정작 지만에게는 깍듯하게 어르신이라 하며 무 자르듯이 예의를 갖추는 연이. 그녀의 철벽 방어에 도무지 다가서기가 어려웠다.

"사 여사는 웬일이에요? 근처에 살아요?"

"아니에요. 딸이 외손녀랑 그림 보러 간다고 해서 따라 왔는데 허리가 아파서 여기 앉았어요."

주변머리 없는 지만이 강아지에게로 눈을 옮기며 허리를 굽히고 강아지 두 마리에게 눈길을 주었다.

"강아지가 잘 생겼네요."

"외손녀 아이들인데 아주 조용해요."

"그러네요. 훈련이 잘되어 있군요. 똑똑한 녀석들이네요."

젊은 시절 경험 때문인지 지만은 새로운 사람과 섞이는 것보다는 강아지와 있는 것이 편했다. 그는 갑작스러운 연이와의 만남을 풀어갈 방편으로 두 녀석에게 도움을 구하고 있었다. 동물 중에 인간의 시선을 가장 잘 읽어내는 동물이 개인 것을 지만은 알고 있었다. 인간의 얼굴을 주시하며 그 사람의 감정과 분위기를 잘 읽는 개는 가장 오랜 시간을 인간과 함께 진화한 친구였고, 지만에게는 그

특별함이 더했다.

"어르신은 근처에 사시나 봐요?"

"조금 걸으면 집이요. 산책하기 좋아서 종종 오는 곳
인데 여기서 사 여사를 만나니 정말 반갑습니다."

"네, 저도 반가워요."

진심 가득한 두 사람의 인사가 생각해 보니 거의 일 년
만에 둘이 처음으로 나눈 대화였다. 말은 안 했어도 연이
도 나름, 지만도 나름 서로에게 신경 쓰고 있음을 알고 있
었다. 마음을 숨기고 그저 예의 바른 척 지내온 시간이 많
이 흘렀다는 것은 신중한 둘의 성격을 그대로 보여주는
것일지도.

지만의 손에 들린 아메리카노가 식어가고 있었지만 혼
자서 커피를 홀짝이기가 어색해서 지만은 벤치 아래쪽에
슬며시 컵을 내려놓았다.

"할머니이이이."

명랑한 소리로 연이를 부르며 달려오는 긴머리 아가씨

가 연이의 외손녀인 듯했다. 그 한 걸음 뒤에는 몇 번 본 적 있는 연이의 딸이 선글라스를 끼고 코트 주머니에 손을 넣은 채 천천히 걸어왔다.

"할머니, 심심하지 않으셨어요?"
"아니, 할머니도 친구를 만났거든."

지만은 갑자기 기분이 좋아졌다. 연이의 입에서 친구라는 말을 듣는 순간 불끈 자신감이 생기는 것 같았다.

"안녕하세요."

선영이 지만에게 고개를 까딱하며 인사했다.

"네, 반가워요. 그림 잘 봤어요?"
"작품이 별로 없어서… 그래도 눈에 드는 그림 몇 점이랑 도자기를 보고 왔어요. 엄마, 춥지 않아요? 이제 가요."

강아지들은 손녀에게 목줄이 잡혀 이미 자리를 떠났고 연이가 천천히 일어나며 지만과 눈인사를 나눴다. 그렇게 떠나가는 연이의 뒷모습을 보며 아쉬웠다. 이런 우연이 연이와의 거리를 좁혀주는 계기가 되면 좋겠다는 생각이 스멀스멀 올라왔다.

14

잔치마당

12월도 어느새 중반이다. 원장은 크리스마스 이브에 있을 오픈하우스 행사에 온 신경이 가 있다.

개원 이래 처음으로 이 행사를 계획할 때는 할까? 말까? 여러 번 오락가락했다. 결정적으로 마음을 굳힌 데는 근처에 새로 생긴 주간보호센터와의 경쟁에서 우위를 점하고 싶다는 욕심이 어느 정도 작용했다. 그러나 준비 과정에서 아이처럼 좋아하는 어르신 원생들의 순수한 열정을 마주하며 하길 잘했다고 스스로 칭찬했다.

매주 진행되는 프로그램들을 통해서 어르신들의 작품들이 늘어났고 완성도 또한 높아져서 내심 자랑하고 싶다는 생각이 들던 차였다. 원생 대표인 지만과의 회의에서 찬성의견을 얻고 계획은 일사천리로 진행되었다. 작품 전시와 노래자랑, 동영상 전시, 경품 추첨 등 프로그램을 계획했다. 효자 효녀가 얼마나 많은지 경품으로 들어온 협찬 물품이 흡족하게 쌓였다.

전시회는 거의 준비됐고 노래자랑에 듀엣으로 결성된 지만과 연이의 연습만 점검해 보면 됐다. 기대 이상으로 열성을 보이는 두 어른 모습이 아름다웠다. 지만과 연이 가운데서 호식은 심사위원이라도 된 듯 심각하게 듀엣 곡을 듣고 있었다.

청실홍실 엮어서 정성을 들여
청실홍실 엮어서 무늬도 곱게
티 없는 마음속에 나만이 아는
음ㅇㅇㅇ ㅇㅇㅇ음 수를 놓았소

노래 중간 지만은 연이의 붉어진 볼을 바라보며 기분이 좋아졌다. 그 광경을 보는 호식은 감출 수 없는 질투심을 꾹꾹 밀어 넣느라 애쓰고, 연이도 애매한 분위기에 신경이 쓰였으나 지만과의 듀엣에 만족했다. 순수한 노인들 모습을 보며 원장의 얼굴에 슬그머니 미소가 흘렀다.

벽면 가득 어르신들의 그림이 걸렸다. 멀리서도 눈에 띄는 아크릴 화 두 점. 연이의 꽃 그림과 두 마리 강아지 그림이었다. 지만은 일필휘지로 써 내려간 서예작품을 멋지게 표구해서 내어 놓았다. 모두가 여느 전시회 못지않은 훌륭한 행사가 될 거라 기대하며 하루하루 기분 좋은 시간을 보냈다.

오픈하우스 아침, 아끼던 한복을 차려입고 공들여 화장까지 마친 연이가 설레었다. 오랜만에 느껴보는 행복한 떨림이었다. 등원해서 보니 모두 잘 차려입고 있어서 내심 혼자만 튀게 될까 봐 염려했던 마음이 한시름 놓였다. 항상 일등으로 등원하는 지만 역시 오늘은 진회색 양복에 넥타이 대신 스카프로 멋 낸 모습이 십 년은 젊어 보였다. 듬성듬성한 머리에 포마드를 발랐는지 올백으로 빗어 넘긴 호식도 오늘은 근사했다. 축제에 어울리는 모습으로 차려입으니 젊은 시절로 돌아간 듯 노인 원생들 얼굴에 불그레한 행복이 가득했다.

한편에 다과상이 차려지고 꽃바구니도 가운데 놓였다. 노래방 기계를 중심으로 소파를 배치하고 포토존으로 사용할 현수막도 설치되었다. 구석구석 빈 공간에는 간이의자도 여유롭게 놓았다. 준비는 완벽했다.

오후 두 시, 초대받은 가족들이 삼삼오오 몰려들어 성황을 이뤘다. 지만의 둘째 아들 내외와 호식의 여동생 내외 그리고 연이 막내아들 가족과 딸도 도착해서 전시된 작품 앞에서 사진 찍고 꽃다발도 주는 모습을 원장이 흐뭇하게 바라보고 있었다. 노인들에게 매일이 축제이길 바라는 그녀 눈에 물기가 반짝했다.

노래자랑 시간.

대한민국을 가수의 나라로 만든 노래방 기계가 노인들을 쥐락펴락했다. 잘하면 잘하는 대로, 못하면 못하는 대로 즐겁게 손뼉 치고 깔깔 웃어가며 행복한 시간. 거기에는 노인이 없었다. 열정으로 살아온 젊은 남자와 성실함

으로 살아 온 젊은 여자가 세월 더께를 벗어두고 덩덕쿵
춤추는 잔치마당에서 그들은 모두 주인공이었다.

　마지막 순서는 지만과 연이의 듀엣이었다. 전주가 나올
때만 해도 떨리는 마음을 가누기 힘들었는데 두 사람은
연습한 이상으로 훌륭하게 노래를 마쳤다.

서로를 마주보는 연이와 지만이 수줍은 미소를 주고받았다. 뜨겁게 박수하는 청중들 사이에서 누군가가 선창했다.

　"사겨라, 사겨라."

　두 사람은 당황해서 어쩔 줄 모르는데 노인 원생들은 두 사람 놀려주는 재미가 있었는지 '사귀라'는 소리를 멈추지 않았다. 노인들 짓궂은 이벤트로 행사의 마무리가 더욱 유쾌했다. 그러나 그 속에 뾰로통한 두 사람이 보였다. 지만의 며느리 수지와 연이의 딸 선영이었다.

　축제가 끝나고 일주일간 방학이 시작됐다.
　말이 방학이지 혼자서 끼니를 해결할 수 없는 노인들을 위해 센터 일부는 운영을 계속해야 했다. 원장도 선생도 노인들을 챙기는 데는 효부 효녀가 울고 갈 정도로 성심을 다했다.

지만과 호식을 비롯한 스무 명 남짓 원생은 방학이라고 해도 따로 계획이 없어 평소와 다름없이 센터에 등원해서 시간을 보내고 있었다. 연이는 삼척으로 가족 여행을 간다고 했다. 연이 여행 소식을 들은 지만이 부산에서 보내온 해물볶음을 전해 주었다. 리조트로 여행 간다니 요긴하게 쓸 기회를 잡았다 싶어 전하려는데, 커다란 스티로폼 박스에 담겨온 물건을 전달하는 일이 쉽지 않았다. 이럴 줄 알았으면 직접 연이 집으로 배송하는 편이 좋았을 텐데. 선물 하나 전하기도 쉽지 않은 늘그막 현실이 씁쓸했다. 할 수 없이 지만이 원장에게 도움을 청했다. 역시 원장은 두 사람의 오작교였다. 지만은 고맙다 했고 연이는 수고를 끼쳐 미안하다고 마음을 전했다.

연이가 없는 연말 센터에 나와 있는 지만은 물론 호식도 심드렁한 느낌이었다. 셋은 어느새 원내에서 삼총사로 불리고 있었다. 너무 다른 세 사람이 삼총사가 된 데는 잠시의 일탈을 원장에게 들켜버린 때문이기도 했다.

공식적으로 모든 원생의 등 하원은 교사들의 안내로 이

루어지게 되어 있었다. 그러나 집이 가까운 지만과 호식은 운동 삼아 걸어 다니고 연이는 15분쯤 통학버스를 타고 다니는 이유로 세 사람이 밖에서 따로 만날 일은 없었다.

날이 꾸물거리던 오후, 연이는 은행에 볼일이 있었다. 그날은 선영이 연이에게 올 수 없기에 특별히 부탁하여 집 근처 은행 앞에서 통학버스를 내리기로 상의한 날이었다. 원장은 걱정됐지만 연이가 집을 못 찾아갈 정도의 인지력도 아니고 걷는 데 무리가 되는 먼 길도 아니라서 은행 앞에 연이를 내려놓았다.

연이가 은행 안으로 들어가 번호표를 뽑고 소파에 앉아 호흡을 고르고 있었다. 마감이 임박한 시간이라 그런지 대기자가 많지 않다. 둘러보느라 돌리고 있던 고개를 바르게 했다.

"연이 씨."

싱글싱글 웃고 있는 호식과 어색하게 지팡이 짚고 서 있는 지만이 눈앞에 있었다.

그들은 원장이 선영과 통화하는 것을 듣고 미리 와서 연이를 기다리고 있었다. 놀랐지만 연이도 이 상황이 싫지 않았다. 미술관에서 지만과의 짧은 만남 이후로 간혹 센터에서도 한 마디씩 대화를 나누게 되었고 호식이 자주 끼어들어 셋이서 대화를 나누다 보니 어느새 선생들도 그들을 함께 부를 때는 삼총사라 부르고 있었다. 그렇게 우연을 가장한 작전 끝에 이루어낸 삼총사로서 첫 만남인데 그냥 헤어지기는 서운하다며 호식이 밥이라도 먹자고 했다.

"도착 시간이 늦으면 딸이 걱정을 해서."

연이는 염려 반 기대 반의 맘을 다잡았다. '그래, 한 번인데 뭐.'

호식이 앞장서 들어간 곳은 칼국수가 맛있다는 은행 건너 작은 분식집이었다. 지팡이 짚은 노인 둘과 엉성하게 생긴 노인 하나가 조심조심 식당 안으로 발을 옮겼다. 공간과 어울리지 않았는지 주인도 손님들도 갑자기 등장한 노인 셋에 수상한 눈길을 꽂았다.

자리를 찾아 앉았다. 그리고 씩씩한 호식이 "칼국수

셋"이라고 외치듯 주문했다.

"키오스크에서 주문하세요."

키오스크라니, 날벼락이었다. 이제 밥 주문조차 모르면 굶어야 하는 시대가 된 것인지. 난처한 호식 대신 지만이 일어섰다. 기계 앞에서 화면을 터치하며 주문을 완료하고 카드로 결제까지 하는 동안 연이 눈이 가늘어지고 입꼬리가 올라갔다.

비록 칼국수 한 그릇이었지만 인생 노을녘에 만난 친구들과 함께하는 이 순간이 연이에게는 첫 경험이라서 기쁘고 신났다. 평소 잘 먹지 않던 그녀가 얼추 반 그릇이나 비운 것을 보면 어지간히도 행복한 시간이었는지.

소리 없이 내린 함박눈으로 눈 천지가 되었다.

큰일 났다. 세 사람 모두 이 눈길을 걸어갈 자신이 없었다. 서로 얼굴만 바라볼 뿐 어찌해야 할지 아무도 나서지 못했다. 지만이 휴대폰을 꺼내 어디론가 문자를 보냈다. 이어 바로 울리는 전화기 저편에 놀라는 원장의 목소리가 있었으니 그날의 구세주일뿐더러 든든한 삼총사의 후원자가 된 날이기도 했다.

 심심한 센터에서의 오후, 방학이 얼른 지나가길 바라는 마음은 과연 지만과 호식에게만 있었을까?

눈이 내렸던 그날, 지만의 집에 도착한 수지는 저녁 준비를 할까 물으려고 아직 귀가하지 않은 시아버지에게 전화를 걸었다. 통화 중이라는 음성 안내가 들렸다. 이 시간에 돌아오지 않은 것도 드문 일인데 무슨 통화가 이리 길어지는 건지 알 수 없어서 답답했다. 과묵한 지만의 통화는 언제나 간결했다. 일 분 이상 통화하는 것을 본 적이 없는데 그날은 통화 중 상태가 오 분 넘게 이어졌다. 수지는 동물적 감각으로 뭔가 변하고 있다 느꼈다.

"뭘까?"

시어머니가 위암으로 세상을 떠난 지 벌써 십오 년 세월이 흘렀다. 그간 많은 일들이 있었지만 가장 충격적인 사건은 시아버지 여자 해프닝이었다.

육 년 전 봄, 또래로 보이는 여자를 같이 살겠다며 데려온 지만. 그날 모습을 수지는 잊을 수가 없다. 한눈에 봐도 얌전히 살림할 사람이 아닌데 아버님은 뭘 바라고 그녀를 집으로 들인 것일까. 더욱이 놀라운 건 그녀를 만난 곳이 콜라텍이라고 불리는 노인들 전용 무도장이라는 사실이었다. 평생 근엄하고 절제하던 시아버지에게 수지는 배신감을 느꼈다. 하지만 아들도 어쩌지 못하는데 그녀가 할 수 있는 역할이 없었다. 하루하루 감시의 눈초리를 게을리 않는 것이 그녀가 할 수 있는 유일한 방법이었다.

웃기조차 민망했던 사건은 채 일주일이 안 돼서 마무리됐다. 그녀 남편이 자식들을 대동하고 찾으러 와서 끌려가다시피 시아버지의 여자는 사라졌다. 이후 지만은 단 한 번도 자기 세상에 둘러친 울타리 밖으로 벗어나지 않았다. 오히려 시간이 흐를수록 더 높고 두터운 가시 울타리를 두르고 사는 듯했다.

수지는 그런 시아버지를 오래 관찰하고 있었기에 최근 일 년 사이의 미묘한 변화를 쉽게 알아챌 수 있었다. 다만 실체를 확인하지 못했을 뿐.

눈발은 굵어지고 시아버지와는 연락이 닿지 않아 맘 졸이던 수지는 원장에게 전화를 걸었다. 통화 중 음성 안내가 들렸다. 수상한 날이었다. 마냥 기다릴 수 없던 수지가 주차장으로 내려와 차 문을 여는데, 주차장으로 진입하는 주간보호센터 승합차를 발견했다. 원장이 운전하는 차 뒷 좌석에 지만과 함께 옆자리 연이가 보였다.

쿵 소리 나는 가슴, 움직여지지 않는 발. 오래전에 느꼈 던 불안한 기운이 차가운 주차장 공기와 함께 그녀의 가 슴을 잽싸게 파고들었다.

15

불편한 블루스

반갑지 않은 새해가 꾸역꾸역 시작됐다.

전날과 다를 것 없는 아침. 하루 사이 나이만 더 먹었지 새날에 대한 아무런 설렘 없는 그저 그런 아침이었다.

'당신은 사랑받기 위해 태어난 사람….'

연이 휴대전화가 울렸다. 낯선 전화번호가 액정에 찍혔다. 알지 못하는 번호는 피하는 연이, 새해 아침 첫 전화를 받을까 말까 고민하다 수신버튼을 눌렀다.

"여보세요?"

"사 여사, 백지만입니다."

"어머, 어르신. 제 번호를 어찌 아시고."

"불편하신가요?"

"아니에요. 반갑습니다."

"오래전부터 번호는 알고 있었는데 이제야 용기 내서 연락드려요. 가끔 전화드려도 될까요?"

연이는 이유 모를 두근거림을 애써 숨겼다. 한 번도 경험하지 못한 느낌. 대답 기다리는 지만을 잊을 정도로 두근거리는 시간에서 겨우 빠져나온 연이가 입을 뗐다.

"네, 고맙습니다."

짧은 한마디를 기다리는 긴 시간 동안 떨리는 마음은 지만도 같았다. 그렇게 둘만 아는 따뜻한 비밀. 황혼 인생에 소소한 기쁨을 공유하는 사이로 한 발짝 내디뎠다. 둘에게 가장 젊은 날이었다.

매일 그렇듯이 지만이 오늘도 일등으로 등원했다. 연이를 위해 밤새 정성들인 대추차를 보온병에 담아 손에 꼭 쥐고 소파 끝에 엉덩이를 걸쳐 앉았다. 알은체하는 원생들 인사를 건성으로 넘기며 연이를 기다리는 시간이 설레었다. 문이 열리고 닫힐 때마다 그의 시선은 문을 따라 마중 나갔다.

연이의 모습이 보였다. 언제나처럼 핑크빛 입술에 먼저 시선이 닿았다. 마음은 뛰어가서 손을 잡고 있는데 몸은 움직이지 않은 채 연이를 입속으로 부르고 있었다.

"어르신, 잘 지내셨어요?"

목련처럼 빛나는 미소를 못 본 일주일이 힘들었다고 말해야 하는데 소리가 나오지 않았다. 답답한 지만이 자기도 모르게 얼굴을 찡그렸는지 연이가 놀라며 물었다.

"어르신, 괜찮으세요?"
"난 괜찮아요. 여행은 잘 다녀왔어요?"
"여행이라야 힘만 들지 뭔 재미가 있겠어요. 센터에 와서 어르신 보니 지금이 더 좋네요."

지만의 답답했던 가슴이 연이의 미소를 보며 한층 가벼워졌다.

"이거 내가 만든 대추차예요. 정성들여 만든 거니까 맛있게 먹어주면 좋겠어요."
"어머나 고마워라. 귀하게 만들어 주시니 몸 둘 바를 모르겠어요. 감사히 잘 먹겠습니다."

지만의 만족한 기쁨이 얼굴에 여과 없이 빛났다. 내친김에 한 번 더 용기를 낸 지만이 한 걸음 연이에게 다가섰다.

"연이 씨."
"……."
"연이 씨, 앞으로 그렇게 불러도 되겠습니까? 그러고싶어요."
"어르신."

연이는 놀라움이 연속되는 이즈음이 솔직히 즐겁다. 황

혼에 다가온 꿈같은 설렘. 평생 느껴보지 못한 낯선 다정함에 어찌 반응해야 할지 몰라 그저 입을 다물지 못하는 연이를 보며 지만도 달뜬 기분을 숨기지 않았다.

'이제부터 십 년만 건강하게 살고 싶다.'

누구라고 특정할 수 없지만, 목숨 줄을 쥔 이가 있다면 어떤 거래라도 하고 싶은 욕망이 불끈 지만 깊은 곳에서 솟아올랐다.

두 번째 화요일에는 댄스 동아리 회원들이 자원봉사를 온다. 나이로 보면 봉사자보다 원생으로 들어올 나이인데 동아리 회원들은 방부제 젊음을 가진 듯했다. 원생 중 몇은 그들이 부럽기도 했고 또 가끔은 질투심이 발동해 심통을 부리는 일도 있었다.

오늘 한껏 들뜬 지만, 묵어있던 댄스 본능이 발동되었는지 봉사자가 도착할 시간을 어린애처럼 기다렸다. 연이와의 멋진 댄스를 상상하는 내내 행복했다.

반짝이는 무복을 갖춰 입은 봉사자들이 도착하고 경쾌한 음악이 흘렀다. 칙칙한 노인들 공간에 청량한 소음이 퍼지자 원생들 얼굴에도 함박 미소가 피어났다.

지만은 세련된 매너로 연이에게 손을 내밀어 춤을 청했다. 연이는 드레스 자락을 살포시 잡고 허리를 꼿꼿이 세운 채 무릎 굽혀 인사하고는 지만의 리드에 몸을 맡기고 음악을 타며 뱅그르르… 돌고 싶었으나 그것은 연이의 꿈이었다. 파킨슨병이 진행된 후 연이는 허리를 바로 세울 수도 걸음을 제대로 걸을 수도 없는 노인이 되었다. 소싯적 남편에게 배운 가락이 있어서 마음으로는 아름다운 무희가 될 수 있으나 현실은 야박했다.

연이는 준비된 미소로 지만을 응원하며 봉사단장과의 무대를 청했다. 무도회장 구경도 하지 못한 연이, 드라마 속 남자 주인공처럼 미끄러지듯 스텝 밟는 지만이 멋지게 보였다. 그 손을 잡은 여인이 연이가 아닌 다른 여자라는 것이 살짝 아쉬웠지만 냉큼 현실을 인정하는 그녀의 긍정 마인드가 작동해 나름 즐거운 시간이었다.

반면 지만은 연이 앞에서 다른 여인을 안고 춤추는 시간이 죽을 맛이었다. 예전에 느낀 댄스의 즐거움이 아니라 뒤통수에 박히는 연이 시선이 선인장 가시 박힌 듯 따끔거렸다. 땀을 삐질거리며 한 곡을 추고 발을 빼려는데 눈치 없는 앙코르가 여기저기서 나왔다. 속을 알 리 없는 연이마저 '앵콜'을 외치는 통에 지만은 등줄기에 홍수가 난 듯 진땀 흘리며 불편한 블루스를 두 곡이나 더 추어야 했다.

봉사단장이 양쪽 엄지를 치켜 올리며 지만의 댄스를 칭찬했다. 그러나 다시는 댄스 동아리의 봉사가 오지 않도록 원장에게 건의하겠다고 굳게 다짐하는 지만 일그러진 표정이 볼 만했다.

원장은 수지의 메시지를 받고 서둘러 빌딩 일층 카페로 내려갔다. 갑자기 보자는 보호자의 호출은 언제나 불편했다. 대체로 센터를 옮기겠다는 말이어서 불안한 것이 일상이었다.

수지는 처음 센터에 시아버님을 모셔온 주보호자였다.
젠틀한 지만, 원장은 그의 등원이 반가웠다. 원생 어르신들도 소위 센터 물이 어떤지를 따진다. 물이 좋다고 소문난 곳으로 우르르 원생이 빠지기도 한다. 그들끼리 입소문에 킹카와 퀸카가 있고 씨씨도 있다. 지만의 등장 이후 소문 빠른 원장들의 인사전화를 받기도 했을 만큼 지만은 호감형이었다. 오 년을 한결같이 일등으로 등원하는 원생 대표 킹카 지만이 있어서 원장도 많은 힘을 얻고 있었다.

길 쪽으로 난 커다란 유리벽을 통해, 진주색 샤넬 울 코트 안쪽에 블랙 디올 셔츠를 받쳐 입고 진주목걸이를 착용한 수지가 보였다. 먼저 도착한 그녀는 목도리도마뱀마냥 머리를 꼿꼿이 세우고 앉아 있었다. 머그잔을 앞에 두고 있는 수지를 향해 원장도 거품 하트가 그려진 라떼 한 잔 들고 가서 마주보고 앉았다.

"우리 아버님 여자친구 생겼어요?"

다짜고짜 본론을 시작하는 수지. 원장은 곧바로 연이를 떠올렸으나 모르는 척 되물었다.

"무슨 일이 있으셨나요?"
"지난번 눈 많이 오던 날 지하주차장에서 원장님과 아버님이 연이 아주머니랑 함께 차에 있는 걸 봤어요. 아버님이 재력가인 거 알고 그 아주머니가 꼬리 치는 거 아닌지 모르겠네요."

'재력가? 웃기시네.' 성질대로라면 물 싸대기라도 갈기고 싶은 충동을 원장은 애써 눌렀다. 오래지 않았지만 두 어른의 품격 있는 교제를 은근히 응원하던 그녀에게 꼬리 친다는 표현이 몹시 거슬렀다. 원장은 천천히 커피 한 모금 마시고 입을 뗐다.

"사 여사님이 아버님을 잘 챙겨드리는 것은 호의고 친절입니다. 인생을 오래 사신 어른들의 품위 있는 교제를 폄하하는 며느님 말씀을 아버님이 이해하실까요? 어르신 두 분은 모든 면에서 젊은 사람들 귀감이 되시는데 무슨 일로 이렇게 질문하시는지 모르겠습니다. 특별한 일이라도 있었는지요?"

원장의 단호한 반박에 수지는 마땅한 대답이 준비되지 않았음을 알았다. 사실 꼬집을 만한 문제가 있던 것은 아니니 딱히 말할 것도 없었다. 수지는 아까와는 다르게 한 단계 톤을 낮춘 목소리로 말을 이어갔다.

"아니, 특별한 일이 있던 건 아니고오, 예전에 아버님이 이상한 여자랑 만나서 흉한 일을 겪은 적이 있거든요오. 또 그런 일이 있으면 체면이 말이 아니니까 염려돼서 하는 말이죠오."

수지의 '오'를 매단 콧소리 섞인 발성은 들을 때마다 닭

살이 돋았다.

"그렇다면 염려하지 않으셔도 됩니다, 사 여사님은 우아한 분이에요. 이상한 여자 취급하는 것은 듣기 불편합니다. 두 분은 한 번도 예의에 벗어난 모습을 보인 적 없고 아름다운 우정을 나누며 좋은 벗이 되고 있습니다. 며느님도 좋은 눈으로 두 분을 응원해 주시면 어떨까요?"

개운치 않았지만 원장의 분명한 대답을 들으며 수지는 오히려 홀가분해졌다. 그래도 원장이 저리 말하는 것을 보면 연이가 이전 시아버지가 만나던 여자와는 다른 부류인 것 같아 마음이 놓였다. 이만 물러나는 것이 좋겠다 생각하며 서둘러 인사하고 여자들은 헤어졌다.

센터로 돌아온 원장, 연이와 지만이 나란히 소파에 앉아 담소하는 모습을 보았다.
아름다웠다. 인생 황혼녘에 서로 의지하면서 살뜰히 챙기는 모습이 한편으로 부러웠다. 자신은 저렇게 아름다운 황혼을 누릴 수 있을까 문득 궁금해졌다.

그녀는 어른들의 행복에 힘을 보태야겠다고 다짐하고 있었다.

몇 번 큰 눈이 내렸고 추위 따라 세상을 떠난 이도 있었다. 겨울은 그렇게 슬픈 계절이었다. 시간은 나이와 같은 속도로 흘러간다더니 새해가 시작된 지도 한참 지났다.

누군가 새로 들어왔고 호식이 한동안 보이지 않았다. 원장으로부터 그의 병세가 심해졌다고 들었다. 지만은 오늘 저녁에 호식에게 연락해 봐야겠다 생각하고 있었다.

점심 무렵 호식이 센터에 나타났다. 못 보는 사이 꺼칠하게 야윈 모습이 안쓰러웠다.

"아팠다며?"

"이번엔 진짜 죽는 줄 알았어요."

"얼굴이 부어 보이네. 이렇게 나와도 괜찮은 건가?

"죽기 전에 연이 씨 한 번 더 보려고 왔지요."

"사람, 실없긴."

호식의 입은 그래도 건강해 보였다. 지만은 겉보기에는 형편없지만 유머감각이 아직 살아 있는 호식이 반가웠다. 연이가 한가득 걱정스러운 표정으로 다가와 호식에게 안부를 물었다.

"연이 씨가 의사보다 실력이 좋은가 봐요, 날아갈 것처럼 몸이 가벼워져요. 하하하."

바람 빠진 풍선 같았다. 그의 웃음이 애잔하여 연이는 찔끔 눈물을 보였다. 늙어가며 나타나는 병증들은 자칫하면 내일을 약속할 수 없어서 어쩌면 마지막일지 모른다는 두려움을 웃음에도 한 자락 깔아 두어야 했다.

"잘 견뎌 봐요."

간절한 마음 담은 촉촉한 대화 가운데 연이는 호식과의 작별이 멀지 않았음을 예감했다. 그녀는 오른손의 떨림을 왼손으로 지그시 누르며 안타까운 시선을 보냈다. 모두에게 이 겨울이 무사히 지나길 바라는 마음. 퍼렇게 멍든 하루를 지냈다.

그렇게 겨울은 천천히 물러나고 봄이 다가오고 있었다.

16
화이트데이

　여자 친구에게 사탕 주는 날을 화이트데이라 한다고 효심이 떠드는 것을 들었다. 화이트인지 블랙인지 아무튼 마음을 표현하는 날이 있다는 것을 알게 되어 반가웠다. 벙어리 냉가슴 앓듯 마음에 연이를 품었어도 쉽게 말하지 못하는 이놈의 주변머리가 답답했다. 사탕이라도 건네며 연이에게 달덩이 같은 마음을 알리고 싶어 지만이 편의점 유리문을 밀었다.

　'딸랑'

　유리문에 달린 방울이 크게 울리는 통에 지만이 흠칫 놀랐다. 도둑질하려는 것도 아닌데 왜 가슴이 콩닥거리는지 알 수가 없었다. 머리카락을 파랗게 물들인 청년이 지만을 흘깃 쳐다봤다.

"사탕을 사고 싶은데."
"두 번째 줄 안쪽으로 들어가시면 많이 있어요."

제 딴에는 친절하게 응대한다고 사탕 진열대를 알려주는 모양인데, 지만은 매장 입구에 예쁘게 포장된 선물용 화이트데이 사탕에 눈길이 쏠렸다. 작은 테디베어가 함께 들어있는 사탕이 한 눈에 들어왔다. 사탕 사는 데 나이를 따질 일이 있는 것도 아닌데 날이 날이다 보니 손이 부끄러웠다. 선뜻 선물사탕을 줍지 못하고 매장 안쪽에서 봉지에 든 사탕을 하나 집었다. 당뇨 환자가 비상식량을 구비하는 모양새였다. 계산대에 서서 사탕 값을 결제하면서도 지만의 신경은 예쁜 사탕으로 향했다.

"할아버지, 화이트데이 사탕 필요하세요?"

기특하게 눈치 빠른 청년이 지만을 도왔다. 우물쭈물하는 지만을 보며 짓궂은 알바가 개구쟁이처럼 웃었다.

"할아버지 여친 있으신가보다. 우와 멋지세요."

연이만 아니라면 어린 놈 경망스런 말꼬리에 싸대기를
날릴 텐데 지금은 꼼짝없이 어린애 놀이개 신세가 되었
다. 알바는 계산대에서 나와 지만이 눈으로 만지작거린
바로 그 곰 인형 사탕을 집어 들고 왔다.

"이게 이번 시즌에 제일 핫하거든요. 할아버지 이거 하
시겠어요?"
"그럴까."

카드를 내어주고 이만삼천원이 결제됐다는 영수증과
사탕 두 가지를 받았다. 핫하다더니 그 말처럼 지만 평생
가장 뜨거운 사탕을 들고 우당탕 유리문을 나왔다. 유리
문 안쪽에 파란머리가 소리 내서 웃었다. 망할.

엄마가 달라졌다.

엄마의 첫마디는 '어르신이'로 시작되는 문장이 전부였다. 엄마 일상 가장 많은 부분을 차지한 사람은 자식도 손주도 아니고 '어르신'이었다. 전화통화에서도, 만나서도 엄마의 일성은 언제나 어르신인 것이 선영은 불편했다. 손주들이 있는 자리에서도 거침없이 주고받는 두 분의 통화와 문자들이 가족 사이에 어색함으로 자리한다는 것을 엄마만 모르는 듯했다.

"엄마, 두 분이 사귀는 거예요?"
"무슨 그런, 우린 친구야."

그렇겠지. 단호한 엄마 말을 선영은 그대로 믿었다. 삼십 년 넘는 시간을 돌싱으로 살아온 선영은 어쩌면 더욱 엄마 말을 믿고 싶었는지도 모른다. 어린 나이에 혼자가 됐어도 아이 둘을 지키기 위해 선영은 여자를 버리고 엄마를 선택했다. 아빠가 돌아가신 지 채 삼 년도 안 된 시점에서 엄마에게 새 남자가 있다는 것을 인정하고 싶지 않아서일까, 엄마의 말을 그대로 믿는 것이 편했다. 한편으로 자식들보다 좋은 친구가 있어 말벗이 되어주는 것도 나쁘지 않다 여겼다.

아침 여섯 시면 모닝콜처럼 울리는 어르신의 인사가 엄마의 하루를 여는 것도 나름 괜찮다고 생각했다. 평일에는 하루 두 번 주말에는 세 번, 어르신은 엄마의 즐거운 알람이었다. 전화를 받는 엄마 목소리가 상기되는 것을 누구나 알 수 있었다.

선영은 엄마가 친구가 있어서 좋다 하니까 엄마 친구분들을 모시고 생일파티를 열어드리기로 마음먹었다. 마침 선재는 해외 출장 중이라 선수와 상의하고 협조를 구했다.

이사 온 새 집에서 처음으로 엄마의 '친구'를 초대해서 추억을 만들어드리겠다는 선영의 야무진 생각을 전하니 엄마도 소녀처럼 기뻐했다. 파티 음식을 준비하며 선영은 아빠에게 전하는 혼잣말을 중얼거렸다.

"아빠, 이해하시죠? 친구예요 친구. 엄마 평생 생일파티 한번 못해봤잖아요. 아빠가 이해하셔야 해요. 그래 주실 거죠?"

일등으로 등원한 지만이 연이 사물함을 열고 지난밤 진 땀 흘리며 구입한 테디베어 사탕을 넣었다. 드라마에서 본 듯한 장면이었다. 나이 구십에도 설렐 수 있으면 지금 이 청춘 아닐까? 지만은 콧노래를 흥얼거리며 늘 상 연이 를 기다리던 의자에 앉았다.

꽃샘추위가 오락가락하는데 연이는 두꺼운 코트 대신 복실복실한 카디건을 입고 나타났다.

"감기 들면 어쩔려고."

지만이 입속으로 오물오물 걱정을 질겅거렸다.

사물함에 가방을 넣으려던 연이가 곰 인형 사탕을 발견 하고는 환히 웃었다. 나이 팔십에 처음 받아보는 화이트 데이 사탕. 연이가 소녀처럼 발그레해졌다.

"고맙습니다. 오래 살다보니 이런 선물을 받아보네요."

연이가 지만에게 수줍게 한 마디를 건넸다.

"오래 살다보니 이런 선물을 해서 기쁘네요."

지만이 소년처럼 웃었다.

"토요일 점심에 다른 약속 없으시면 저랑 하시겠어요?"

연이가 미소 띤 얼굴로 말했다.

지만은 생각만으로도 얼굴이 화끈 달아오를 정도로 기분이 좋았다. 연이 생일 파티에 정식으로 초대받았다. 하늘로 날아갈 것 같은 기분이 이런 거구나. 달력에 동그라미 표시하고 토요일이 언제 올지 손꼽는 스스로를 보며점잖지 못하게 피식 새어 나오는 웃음을 감출 수 없었다.
연이가 한 시간 거리 딸 집으로 움직여야 하니 아들에게 외출 허락을 받으라고 했다. 늙은 애비가 친구 만나는데 뭔 놈의 자식 허락이 필요할까 싶어서 잠자코 있었는데 재차 확인하는 바람에 인사차 들른 아들에게 '친구 집에 초대받아서 점심 먹고 올 것'이라고 했다. 아들은 듣는 둥 마는 둥 하는데 며느리는 큰 눈이 더 커지며 놀라워했다.

"아버님, 사 여사님 생일 초대받으셨어요?"

"그래, 그렇게 됐다."

"어머 아버님 좋으시겠어요오, 데이트하시는 거네요오. 멋지게 하고 가세요오. 참 선물은 준비하셨어요오오오?"

시아버지 데이트를 반기는 건지 주책이라고 비웃는 건지 그놈의 콧소리는 영 갈피를 잡을 수 없었다. 그러나 며느리 반응을 살피기에는 스스로 주체할 수 없는 즐거움이 더 컸다. 여자 친구에게 받는 생일초대는 처음이라서 어찌 준비해야 할지 모르는 지만. 하얀 사각봉투에 '생일을 축하합니다, 사 여사'라고 적었다. 달필 소리를 듣던 지만이었지만 나이는 피해 가지 못하는지 세로줄이 삐딱한 것이 마음에 걸렸다. 새 봉투를 꺼내서 가로로 다시 적었다.

세로 글보다는 정돈이 되어 보기 좋았다. 그런데 사 여사라는 글자에 자꾸 아쉬운 눈길이 머물렀다. 세 번째 봉투를 꺼냈다. '생일 축하합니다, 연이 씨.' 이제야 만족한 지만이 슈트 안쪽주머니에 사랑스러운 금일봉을 챙겼다.

늦은 밤 찾아온 수지는 고급스럽게 포장한 화장품 세트와 꽃바구니를 기어코 지만의 손에 들렸다. 과한 관심, 어색한 선물에 자꾸만 신경이 쓰였다. 연이 씨가 불편해하진 않으려나. 지만은 숙제 같은 고민으로 밤새 끙끙거렸다.

토요일 아침 지만의 아파트 주차장으로 연이가 둘째 아들 선수와 함께 도착했다.

선수는 아버지를 닮았을 거란 생각이 지만의 첫 느낌이었다. 큰 키에 마르고 지나치게 단정해 보이는, 젊은 시절 지만의 모습도 언뜻 스쳤다. 승용차 뒷자리 연이에 이어 지만이 올랐다. 처음 연이를 만났던 그날처럼 핑크색 카디건을 챙겨 입은 연이와 감색 슈트로 멋 낸 두 사람, 똑같이 설레는 마음으로 미소했다.

가는 길에 기운을 조금 회복한 호식을 조수석에 태웠다. 봄이라기에는 아직 찬 느낌이지만 노인들 마음은 봄 소풍 가는 유치원생 마냥 즐거웠다.

"연이 씨, 날로 예뻐지면 형님이 불안해요. 안 그래도 센터에서 배 아파 죽는 노인네 여럿 있던데."

"싱거운 사람, 또 뭔 소리를 하려고."

"형님도 아시잖아요. 김 회장이 연이 씨 보고 첫눈에 반했던 거. 그 형님 연이 씨랑 형님이랑 커플이냐고 저한테 묻는데 배 아파하는 게 틀림없어요. 하하하."

호식이 따라 웃지만 전임 원우회장이었던 김 씨를 생각하면 지만도 마냥 편하지만은 않았다. 제일 연장자라서 형님으로 예우는 하지만 연이에 대해 뒷말 만든 것을 알고 지만이 따로 불러 일침을 가한 것을 연이도 호식도 모른다.

연이에게 진심인 지만은 오늘 황금 같은 기회를 놓치기 싫었다.

웃음 지나간 승용차 뒷자리, 심호흡한 지만이 용기 내어 연이 손을 가만히 잡았다. 선수를 의식하는 듯 연이가 손을 움츠렸지만 지만이 힘주어 손을 당겼다.

"연이 씨, 우리 이 손 놓지 말고 사는 마지막 날까지 의지하며 행복하게 삽시다."

지만의 느닷없는 프러포즈에 살짝 당황했지만 연이도 싫지 않아보였다. 미소로 답하는 연이가 지만에게 한없이 예뻐 보였다. 호식은 마치 두 사람 사랑의 증인이 된 듯 의미심장한 표정으로 웃어보였다.

봄볕이 따사로운 정오 무렵 연이 일행은 선영의 집에 도착했다.

거동은 불편해도 봄나들이 나선 어른들은 여전히 밝은 표정이었다. 병색 짙은 호식마저 기운이 난다고 했다. 차에서 내리는 연이 손을 지만이 붙잡았다. 잠시 스친 연이 눈빛이 포근했다.

햇살이 거실을 밝게 비추는 빌라 일층, 베란다 가득한 화분이 이른 초록을 뿜어내는 선영의 집. 혼자 두 아이 키

위내며 이만한 집 한 칸 마련하는 것도 쉽지 않았다. 연이는 딸이 이사를 전전하느라 변변한 살림도 없이 지낼 때와는 다르게 소박하지만 감각적으로 배치된 가구들과 소품들로 치장하고 사는 모습에 흡족했다.

음식들로 교자상을 가득 채우고 가운데 케이크를 놓았다. 밤에 일하느라 바쁜 딸이 엄마를 위해 특별히 준비한 파티를 흠뻑 즐겨야겠다고 연이가 생각했다. 선영은 고깔모자를 세 분 어른께 씌워드리고 생일 노래 부르고 기념사진도 찍으며 즐거운 분위기를 만들어 갔다. 지만이 준비한 금일봉과 선물 꽃바구니를 연이가 기쁘게 받았다. 호식은 선물 대신 노래를 하겠다고 했다. 지만과 연이가 손사래치며 말렸다. 누구보다 호식의 노래 실력을 아는 이들에게 호식의 노래는 고문인 것을. 한바탕 웃음이 분위기를 한층 밝게 했다.

어른들이 맛나게 음식을 드셨다. 선영도 선수도 엄마의 생일파티에 최선을 다했다. 그런데 자꾸 두 어른의 손으로 선영의 눈길이 쏠렸다. 음식을 드시는 중간에도 꼭 잡은 손을 놓지 않는 두 사람. 선영은 '이건 뭐지?'라는 의문에서 벗어날 수 없었다.

"편하게 드시지 않고 왜 손을 잡고 계세요?"

손을 빼려는 연이, 잡은 손을 놓지 않으려는 지만. 잠시 어색한 침묵이 흘렀다.

"나 엄마랑 이 손 놓지 않기로 했네. 우리 죽을 때까지 함께 할 거야."
"무슨 말씀이세요. 두 분 친구 사이 아니세요?"

연이는 딸의 뾰족한 성격을 알기에 지만의 돌출 행동이 파장을 일으킬 수 있다는 것을 감지했으나 행복에 달뜬 지만에게 선영의 불편한 얼굴 따위는 보이지 않았다.

"오래전부터 엄마를 좋아했고 오늘 오면서 프러포즈했거든. 물론 사 여사도 동의했고."
"누구 맘대로 프러포즈를 해요. 두 분이 서로를 책임질 수 있기나 한가요?"

결국 선영의 가시 돋은 말로 분위기는 순식간에 식어 버렸다. 선수도 심기가 불편한 것은 매한가지였다. 오는 차 안에서부터 두 어른의 행동이 불편했던 선수도 내심 꾹꾹 참고 있던 터라 누나의 이의 제기에 동조하며 생일파티는 순식간에 엎어졌다.

"엄마, 내가 분명히 물어봤죠? 두 분 사귀는 거냐고. 엄마는 아니라고, 친구라고 하셨고요."

선영은 그동안 친구라고 주장하던 엄마가 '거짓말'을 했다는 점을 참을 수 없었다. 연이는 나중에 다시 이야기하자고 했지만 지만이 불씨를 키워버렸다.

"우리 결혼할 거야."

불같이 화내는 딸에게 연이는 더 할 말이 없었다. 야속한 생각은 지만에게도 들었다. 경솔하게 대처하는 모습에서 실망감도 느꼈다. 그렇게 파티는 포연만 남긴 채 난장판이 되었다.

잔치 음식이 그대로 남았고 엄마 일행은 돌아갔다. 선

영은 아직도 분을 삭이지 못한 듯 씩씩대고 있었다. 믿기지 않는 상황, 도무지 이해할 수 없었다. 노인들이 단체로 치매가 왔나? 무엇보다 졸수(卒壽) 넘은 나이에 하는 행동이 경솔하기 짝이 없는 지만을 이해하기 싫었다. 엄마를 향한 분노는 점차 배신감으로 커져갔다.

선수의 전화를 받았다. 돌아가는 동안에도 두 어른이 손을 꼭 잡고 갔다는 말을 들으며 선영은 기가 막히고 어이가 없어 더는 견디지 못했다. 차 열쇠를 챙겨들고 나가 친정으로 달렸다.

"엄마, 자세히 애기 좀 해보세요. 진짜 사귀는 거 맞아요?"

"아니야. 어르신이 기분 좋아서 좀 오버한 거야."

"엄마도 동의했다고 그러잖아요, 그 노인네가."

"노인네가 뭐야, 버릇없게."

"편 들어요?"

"편은 무슨, 아무 일도 아닌 거 가지고 웬 난리라니. 사람 불러 놓고 그런 태도는 잘 한 거야?"

선영은 연이의 말을 들으며 사색이 되었다. 친구라는

말을 철썩같이 믿었다. 친구 대접 해드리려고 만든 일이 이렇게 될 줄 상상도 못 해 기막힌 와중에도 엄마는 노인의 편을 들었다. 선영은 어처구니없어 할 말을 잃었다. 노인도 연애를 하면 눈에 콩꺼풀이 덮이나 보다. 하루 자고 나면 어찌 될지 모를 나이에 그러고 싶을까? 선영은 도무지 이해되지 않는 상황에 부들부들 몸을 떨었다.

소파에 앉은 지만도 딸년 성질 머리가 고약하다는 느낌을 지울 수가 없어 화가 치솟았다. '우리 나이가 허락받고 연애 할 나이냐고, 어째 초대할 때 아들한테 허락받고 오라는 것부터 맘에 안 들었다', '성격이 지랄 맞으니까 혼자 살지' 라며 혼자 말을 아무렇게나 뱉었다. 먹은 음식이 체한 듯했다. 소화제를 두 알 꺼내 찬물을 벌컥 들이켜며 삼켰다.

연이는 어쩌고 있을지 신경이 쓰였다. 돌아오는 차 안에서 손을 잡고 있었지만 연이는 한 마디도 하지 않았다. 그녀가 무슨 생각을 하는지 걱정됐다. 휴대전화 단축번호 1번을 길게 눌렀다. 신호는 가는데 전화 연결은 되지 않았다. 일부러 전화를 받지 않는 것인지, 혹시 속상해 울고 있는 것은 아닌지 불안해서 안절부절. 지만의 지옥 같은 주말이 더디게 흘렀다.

침대에 걸터앉은 연이도 착잡한 심정은 마찬가지였다. 돌발적인 프러포즈부터 조심성 없는 행동까지, 딸이 경악할 만도 했다. 그러나 어른을 그렇게 대접하는 딸에게도 실망이 컸다. 지만을 어떻게 대해야 할지 처음부터 다시 생각해 볼 필요가 있다 생각하며 연이는 울리는 전화를 그냥 두었다.

지만에게 호감이 없다면 거짓이지만 사랑이라 말하기에는 확신이 없었다. 내 몸 하나도 챙기지 못하는 늙은이가 사랑 타령으로 자식들 앞에서 추태를 부린 것 같아 얼굴이 화끈댔다. 결혼이라니, 말도 안 되는 이 일을 어찌 수습해야 할지 연이는 눈앞이 깜깜했다.

정답 없는 고민이 주말 내내 연이를 괴롭혔다. 연달아 울리는 전화기를 무음으로 바꾸고 문자도 읽지 않았다. 월요일이 오는 것이 두려웠다. 선영은 돌아가서 아무런

141

연락도 없다.

　그렇게 소란한 고요 속에서 주말이 지나고 월요일이 쭈
뼛거리며 밝았다.

17

엇갈린 오후

"연이 씨, 괜찮아요?"

이틀 만에 만난 연이가 반쪽이 됐다. 얼마나 고민을 했을까 직접 보지 않았어도 연이 얼굴을 보는 순간 지만은 경솔했던 자신을 탓하고 있었다.

"어르신, 호칭을 전에처럼 사 여사로 바꿔주세요."

여전히 조심스러운 어투였지만 단호함이 배어 있는 연이 한마디에 지만은 움찔했다.

"연이 씨, 아니 사 여사. 미안합니다. 나 때문에 연이 씨 아니 사 여사가 많이 곤란했나 봅니다. 정말 미안해요."

"괜찮아요. 한 번은 겪을 일이라고 생각하니 마음이 편해졌어요."

지만은 편해졌다는 연이 말에 더럭 겁이 났다. 그녀의 침착함에 배어있는 냉기로 소름이 돋았다. 한 마디 잘못하면 그동안 공들인 탑이 와르르 무너질지 모른다는 걱정에 지만은 입을 떼기 어려웠다. 그래도 연이가 어떤 생각을 하는지 여전히 궁금했다.

오전 동안 연이는 여느 때와 다름없이 상냥한 태도로 다른 노인들과 프로그램에 따라 일상을 이어갔다. 허둥대는 것은 지만과 호식뿐. 호식도 연이의 냉기를 느꼈는지 멀찍이 피해 다니는 우스꽝스러운 시간이 지나고 오수 시간, 연이가 지만을 불렀다.

"딸아이의 구나방 같은 행동을 대신 사과드립니다. 용서하세요. 그러나 신중하지 못한 어르신 행동도 문제가 있었다고 봅니다. 물론 단호하게 어르신을 제지하지 못한 저도 잘못했습니다."

　지만은 연이의 다음 말을 예상할 수 있었다. 그대로 있다가 연이가 안 보겠다고 할까 봐 두려웠다.

　"연이 씨, 사 여사… 제가 경솔했던 것 맞습니다. 그러나 연이 씨와 남은 생을 함께 하고 싶다는 제 마음이 진심이란 것은 알고 있다 믿어요. 헤어지자는 말만 하지 말아요, 제발."

　연이는 마른 입술로 힘겹게 전하는 늙은 남자의 진심을 쓸어 모아 가슴에 담았다. 남자란 아무리 나이가 들어도 철 들기 힘든 종족이 맞는가 보다 생각하니 슬며시 웃음이 났다. 지만의 투박한 순수가 어쩌면 죽은 남편의 젊은 시절 포악과 맥이 닿아있다는 생각이 들었다. 툭 하니 상처부터 내어주는 모습과 마음을 그려내지 못하는 두 남자 공통점이 연이에게 익숙한 장면으로 다가왔다.

　선영과 선수가 단단히 마음을 잠가버린 일이 더 큰 문제였다. 살면서 한 번도 경험한 적 없는 빙산에 부딪힌 느낌이랄까, 수면 아래 보이지 않는 빙하의 크기를 가늠할 수 없는 것처럼 아이들 분노의 방향과 크기를 알 수 없어서 연이는 불안했다. 엄마 말이라면 팥으로 메주를 쑨다고 해도 믿는 아이들인 것을 누구보다 연이가 잘 안다. 그런 자식들이 공격적으로 나올 때는 엄마에 대한 실망감이 컸다는 건데 이를 풀어갈 비책이 생각나지 않아 답답했다. 시간이 필요하겠구나, 연이는 생각을 정리하고 있었다.

선영은 일이 손에 잡히지 않았다. 선영에게 엄마라는 존재는 단순히 생명을 준 사람이 아니었다. 일생 동안 바라본 여자라는 인간에 대한 기준이었다. 모든 가르침도 엄마에게서 배웠고 삶을 끌어가는 힘도 엄마를 통해 배웠다. 연이는 선영의 멘토였다. 항상 지혜롭고 순수한 엄마를 존경하는 마음으로 살았고 엄마의 말은 진리였다. 착한 딸보다는 좋은 스승을 둔 제자로 살아온 삶이 하루아침에 무너진 기분에 참담했다. 그래도 이건 아니라는 생각이 크게 소리치며 선영의 마음을 움츠러들게 했다.

지루한 시간이 꿈틀꿈틀 흘러갔다.

지만은 변하지 않는 정성을 내어 보이면서도 구메구메 연이 눈치를 살폈다. 마음 같아서는 다 큰 자식에게 쓸모 없는 늙은이 둘이 의기투합해서 살아보자 하고 싶은데. 돌아올 역풍을 감내할 자신이 없었다. 진중하자. 더 정성을 기울이자 작심한 지만은 더 이상 연이에게 부담 주는 일은 하지 말자고 전략을 수정했을 뿐, 그녀에 대한 사랑이 오히려 커가고 있음을 알았다. 애타는 지만의 마음을 연이가 알아줄 날을 고대하며 하루하루 참을 인(忍) 자를 써나갔다.

알람 통화는 지속하되 아주 간단하게 안부만 물었다. 돌아오는 답도 짧았다. 그래도 전화 받아주고 문자에 답을 주는 것만으로도 다행이다 위로했다. 자중하는 시간이 연이를 향한 스스로의 애정순도를 확인하는 소중한 시간이라 생각했다. 내일 죽어도 이상하지 않을 나이, 새로운 사랑을 알고 절제하는 지금이 지만에게는 더없이 소중했다. 온종일 연이만을 생각하며 숨 쉬는 스스로를 대견하다 칭찬했다. 아침마다 연이를 위해 차를 만들며 '이 시간이 조금 더 오래 걸린다 해도 견딜 수 있다.'고 애써 격

려하고 있었다.

"사 여사, 힘들어도 허리 세우고 오 분만 더 걸어 봐요."

연이 옆에 보조를 맞춰 걷는 지만이 다정한 응원을 보냈다. 건강하게 오래 살려하면 운동이 필수라고 믿는 지만은 자진해서 연이의 트레이너로 나섰다. 평생 규칙적인 운동을 하며 살아온 지만은 나이가 믿기지 않을 정도로 자세가 바르다. 아직도 마음은 현역 군인이던 그때와 다르지 않다. 연이의 굽은 허리가 기적처럼 펴지기 바라는 간절한 소망으로 결국 연이를 러닝머신에 올리는 것까지 이루어냈다. 참 오랜 설득이 필요했다. 다른 건 다 잘하는데 정작 건강에 필수인 운동을 게을리 하는 것 하나가 지만의 눈에 거슬렸다.

"헉, 헉⋯."

오 분을 더 걸으라는데 차라리 죽는 게 낫겠다 싶은 연이. 지만을 생각해서라도 오 분, 아니 일 분만이라도 더

걷고 싶었다. 파킨슨병을 앓는 연이에게 허리를 세우고 걸으라는 것은 빙상장의 김연아가 되라는 것과 다름없는 주문이었다. 싫어서가 아니라 애초에 할 수 없는 것을 시켜 마지못해 기계에 올랐지만, 이 순간이 지나면 사고로 이어질 것은 불 보듯 뻔한 상황, 결국 연이는 정지 버튼을 눌렀다. 아쉬워하는 지만을 향해 미안한 마음 담아 미소를 날렸다.

"조금씩 시간을 늘려 볼게요. 오늘은 더 못하겠어요."
"그래요. 무리하면 다치니까, 잘했어요. 아주 잘했어요."

과장된 칭찬에 담긴 남자의 뜨거운 사랑이 연이에게 그대로 전달됐다. 목이 탔다.
지만이 내미는 텀블러. 아직 온기를 잃지 않은 보이차를 종이컵 두 개에 나누어 따랐다. '건배' 두 사람 건강하게 더 오래 살자는 소망을 마음으로 빌었다.

재활치료실. 나란히 안마 의자에 앉아 기계손 마사지를 받으며 지만은 이곳이 센터가 아니라 자기 집 거실이면 얼마나 좋을까 혼자 말을 속으로 삼켰다. 연이는 무리한 허리통증을 달래 줄 파스가 필요하다고 생각하는 엇갈린 오후, 햇살이 그들 사이를 느리게 지나가고 있었다.

18
최호식

봄이 있는 듯 없는 듯 스쳐 지나갔다.

벚꽃이 비처럼 내리던 이틀, 사흘 만에 여름이 급한 걸음으로 다가왔다.

호식이 간암말기라는 것을 지만도 연이도 그즈음에 알았다. 외견상 간이 고장나지 않았을까 하는 생각을 했지만 병명을 구체적으로 묻지 않았었다.

호식이 젊은 시절, 버둥거리며 살아보려 애썼지만 언제나 빈 수레였던 재수 없는 인생에 화풀이하듯 부어댄 술이 간을 망쳤다. 가족이 해체되었다. 마누라가 맨 처음 도

망갔고 큰아들이 중학교를 졸업하자마자 떠났다. 둘째 아들과 딸까지 모두 떠났을 때 호식은 삶의 끝을 보았다. 미련 없는 세상에 인사 한 줄 남기지 않고 소주 한 병을 대접에 붓고 수면제 스물여덟 알과 한 번에 털어 넣었다. 모처럼 기분 좋은 나른한 오후였다.

상냥한 눈부심에 눈이 떠졌다.

죽음의 인도자 대신 여동생이 붉은 눈을 한 채 내려다보는 눈동자에서 초췌한 자신의 눈부처를 발견하고 호식은 기억하는 한 가장 서럽게 울었다. 스스로가 견딜 수 없을 만큼 불쌍했다. 자신조차 아끼지 못하는데 누굴 사랑했었을까. 호식의 오열이 멈출 때까지 피붙이의 실낱같은 정으로 여동생이 따라 울었다. 죽으려 했던 그날 자신의 몸에 암 덩어리가 악다구니 치며 살고 있음을 알았다.

그것이 사는 이유가 됐다. 술을 끊고 절제된 생활과 약물치료로 호식이 사람 꼴을 갖춰갔다. 못 알아볼 만큼 장성한 자식들이 얼굴을 비쳤다. 정, 사랑, 그런 감정은 사치였다. 그저 미안하다는 말 한마디로 긴 세월을 용서하고 뒤늦게 호식은 행복을 찾을 수 있었다. 악마가 베푼 잠깐의 선물이었다.

호식은 '이만하면 됐다'라는 말을 달고 살았다. 더 이상
은 자신의 몫이 아니라고 생각하며 껄껄 웃는 호식에게
유머는 누추한 자신을 싸매는 포장지였다. 연이가 쉽게
센터에 적응한 것도, 지만과의 황혼 로맨스를 가진 것도
모두 호식 덕분임을 잊지 않았다.

그런 호식을 더 이상 센터에서 볼 수 없었다.
보이던 이가 안 보이면 대개 입원을 했거나 죽었거나 둘
중 하나인 것을 센터의 모든 노인들은 알고 있었다. 든 자
리는 몰라도 난 자리는 안다는 말처럼, 호식의 빈자리는
모두에게 커다란 싱크홀이었다.

연이가 원장에게 호식의 병문안을 요청했다. 호스피스
병동에서 인생을 갈무리하는 친구에게 작별인사를 하고
싶은 동병상련. 원장은 이해할 수 있었다. 선영에게 동의
를 구하고 지만과 셋이 호식을 보러 가는 길. 호식의 유머
로 차 안이 떠들썩했던 그 겨울 잔상이 더는 남아있지 않
은 승합차에서 셋은 아무런 말도 하지 않았다.

그나마 듬성듬성 있던 머리카락이 한 올도 남아 있지 않았다. 노랑이 삭아든 잿빛 얼굴이 낯설었다. 푹 꺼진 눈과 대비하여 불러온 배는 터지기 직전으로 위태해 보였다. 헛소리를 해도 아직 의식이 돌아올 때도 있었다. 여동생과 원장이 자리를 피해주어 친구들끼리 만나는 시간, 호식은 고마운 마음을 전했다. 개차반처럼 살아온 삶이지만 마지막 가는 길에 친구들 배웅 받아 기쁘다고 산소마스크를 쓴 호식이 힘겹게 말했다. 아무도 말하지 않지만 이것이 마지막임을 모두가 아는 애달픈 순간이었다. 지만과 연이 그리고 호식 세 친구는 세월 묻어 거친 손을 서로 얽히게 잡고 애써 미소지었다. 그리고 가슴으로 찰칵 각자 의미 있는 한 컷을 소중히 마음에 담았다.

호식의 마지막은 누이동생을 비롯한 가족 다섯 명과, 지만과 연이 그리고 원장 그렇게 친구 셋이 참석한 단출한 장례였다. 빈소도 없이 안치실에서 하룻밤 지내고 아직 새벽이라기에도 미안한, 하늘조차 깨지 못한 시간에 발인했다.

첫 번째 화로 문이 열리고 호식이 마지막 춤추듯 스르르 빨려 들어간 후 불꽃이 일었다. 모니터에 '최호식'이 화장 중이라는 글자가 반짝반짝했다.

화장이 끝나기를 기다리는 두 시간 내내 연이 입안에 노래 한 소절이 굴러다녔다.

'지금 그 사람 이름은 잊었지만 그 눈동자 입술은 내 가슴에 있네.'

따뜻한 단지에 담긴 호식이 실없는 농담을 지껄일 것 같았다. 살아서 없던 복을 죽어서 받았는지 배정받은 자리에는 오전 햇빛이 가득했다. 창 너머 녹음이 한눈에 들어오는 명당을 차지한 것에 축하한다 말해도 되는지 망설였다.

원장은 작은 액자를 골라 호식이 지만, 연이와 함께 웃고 있는 삼총사 사진을 담았다. 유골함 옆, 아직 명패도 없는 썰렁한 공간을 채우듯이 액자를 세웠다. 지난겨울 폭설 때문에 원장에게 도움을 청했던 그날 찍은 사진이 이렇게 쓰일지 아무도 생각하지 못했다.

그렇게 곡소리 하나 없이, 국화 한 송이 없이 호식의 장
례가 끝났다.

19

민폐녀

무심한 계절은 제 시간표대로 달려갔다. 여름이 무르익었으나 연이는 딸과의 냉전으로 여전히 힘겨운 나날을 지내고 있었다. 지만의 노력이 닿지 못하는 세상, 포성 없는 전쟁은 아직도 겨울 한가운데를 서성이고 있었다. '그만큼 엄마에 대한 실망이 컸을까?' 생각하는 연이. '얼마나 산다고 자식들에게 불편을 끼칠까, 차라리 내가 포기하고 말아야지.' 생각하다가도 실망할 지만이 떠오르면 그럴 자신이 없어졌다. 살아갈 날이 많지 않다는 것을 알기에 일 분 일초가 아쉬운 지만의 지순한 사랑을 연이는 지켜주고 싶었다.

뒤숭숭 잠을 설치고 화장실에 다녀온 연이가 다시 침대로 기어오르다 모서리에 아픈 무릎이 닿았다. '흔들' 중심을 잃었다.

쿵, '아악'.

참을 수 없는 허리 통증에 땀이 흥건하고 현기증마저 느꼈다. 통증을 이겨보려 앙다문 입술 사이로 비린 맛이 올라왔다. 한참 동안 바닥에 누웠다. 통증은 그대로였다. 아무리 조심조심 움직여도 결국 일어날 사고는 터진다. 젠장.

선재 가족이 모두 며느리 친정으로 출국한 다음 날에 사고를 쳤으니 결국 연락할 곳은 딸밖에 없었다. 휴대폰 지갑에 연결된 줄을 잡아당겼다. 줄이 길지 않았다면 꼼짝없이 죽은 목숨일지도 모른다는 생각이 문득 들었다. 새벽 두 시 선영의 번호를 찾아 눌렀다.

"이 시간에 무슨 일이세요?"

"근무 중이니, 엄마 침대에서 떨어졌어. 허리가 많이 아프네. 움직일 수가 없어."

"머리는 안 부딪쳤어요? 의식은 잃지 않았고요? 금방

앰뷸런스 보낼게요."

　선영의 다급한 몇 마디가 연이에게 위로가 되었다. 연이는 겨우 손을 뻗어 침대 옆에 있는 고무줄 치마를 당겨 아주 느리게 입었다. 고통의 시간은 길고 길었다.

　딸이 앰뷸런스 기사에게 현관 비밀번호를 가르쳐 주었는지 삑삑 소리가 나고 경비실 안 씨와 함께 들것을 챙겨 든 두 남자가 들어왔다. 선임자로 보이는 남자가 연이의 상태를 살핀 후 당직의와 통화했다.

　다른 남자는 연이에게 정맥주사를 연결하고 주사기에 든 약물을 천천히 주사했다. 진통제였던 것 같다. 숨쉬기도 어려웠던 통증이 진정되는 느낌이 들었다. 앰뷸런스는 사이렌을 울리며 새벽 속을 달렸다. 새벽을 깨우는 민폐녀가 되었다고 자책하는 연이, 허리 통증보다 곧 마주할 딸이 더 불편했다.

　응급실에 도착하자마자 병동에서 근무하던 딸이 내려왔다. 연이는 딸에게 걱정이나 끼치는 스스로가 한심해 선영을 마주 볼 수 없었다. 선영은 젊은 의사에게 고진선처를 부탁했다. 친절한 의사가 딸을 알아서인지 환자가 아니고 '어머니'라 부르며 안심하라고 했다. 요추에 압박 골절이 생겨 수술해야 한다는 진단을 받고 연이는 입원했다. 통증을 조절해 주는 주사 덕분인지 까무룩 잠이 들었다.

엄마에게서 오는 새벽전화는 항상 사고가 난 후라서 휴대폰에 번호가 뜨자마자 급히 통화연결을 했다. 낙상이라니 골절과 혹시 모를 머리손상이 염려되어 몇 마디 물었다. 통화 내용으로 짐작컨대 요추 골절이 의심되는 상황이었다. 서둘러 응급실에 출동을 요청하고 야간 원무 팀에 수속을 부탁했다. 병동에서 연실 컴퓨터 자판을 두드리며 응급실 차트에 연이 이름이 올라온 것을 확인한 선영이 당직의 에게 전화해서 아쉬운 소리를 했다.

선영도 나이가 있는지라 병원을 그만두고 싶은 유혹을 여러 차례 느끼면서도 아직 일을 계속하는 것은 엄마 때문이 컸다. 언제든지 사고가 일어날 수 있는 고위험군에 속한 엄마가 걱정스럽고, 능력 없는 선영이 작은 힘이나마 되려면 현직 간호사라도 유지해야 했다.

냉전 중임은 중요치 않았다. 큰 사고가 아니길 바라며 이송 전에 진통제를 맞고 출발할 수 있도록 부탁하고 서둘러 응급실로 내려갔다. 엄마는 그 와중에도 외출복을 입고 있었다. 머리에 충격이 없다는 증거이기도 해서 일단 안심하고 검사를 지켜봤다. 압박골절은 언제든 발생할 수 있어서 평소 주기적으로 골다공증 체크와 약물주사로 예방했지만 낙상은 골절을 피할 수 없다. 압박골절 수술은 간단하지만 엄마 나이에 수술은 위험을 동반할 수 있다. 특히 파킨슨병에 친구처럼 따라오는 치매를 촉진하기도 하여 세심한 간호와 관찰이 필요하다.

딸을 믿어서인지 엄마는 곧 안정을 찾았고 잠들었다.

선영은 밤샘근무가 끝나자마자 수술환자의 보호자 역할을 시작했다.

압박골절은 뼈 성분의 의료용 시멘트를 척추에 넣어 고정하는 것이라고 했다. 연이는 한잠 자고 일어났을 뿐인데 수술이 끝났다 하는 것이 믿기지 않았다. 움직이기 어려운 통증도 견딜 만했다. 주렁주렁 달린 주사들이 혈관을 타고 들어갔다. 아래가 불편하다 느꼈다. 소변 줄이 끼워져 있었다. 정신이 돌아오자 지만에게 연락해야겠다고 생각했다. 베개 옆에 놓인 전화를 들어 지만의 번호를 찾는데 휴대폰이 부르르 떨었다. '백지만 어르신' 반가운 지만의 이름이 화면에 나타났다.

"허리 수술했다면서요? 괜찮아요?"

목소리만으로도 지만의 다정한 염려가 느껴졌다. 찔끔 눈물이 났다.

연이가 잠든 사이 선영이 원장에게 연락했고 곧 지만에게 전달되었다는 이야기를 들었다. 괜찮다는 말을 해야 하는데 목이 잠겨 말이 나오지 않았다. 수술로 인한 금식 때문에 입이 바짝 말라있었음을 그제야 인식했다. 겨우 괜찮다는 한마디를 하고 아쉽게 전화를 끊었다.

선영이 문에 기대어 한심하다는 듯 팔짱 끼고 지켜보고 있는 것을 연이가 그제야 알았다. '아, 정말 싫다 이 상황.' 연이는 창 쪽으로 꼼짝할 수 없는 몸 대신 고개를 돌렸다.

수술 후 일주일 만에 연이는 딸 집으로 퇴원했다. 허리에 보호대를 하고 워커를 잡으면 실내 생활은 그럭저럭 할 만했다. 딸은 근무와 간병을 같이 하느라 부쩍 수척한 얼굴이었다. 원래 다정한 성격은 아니라서 애초부터 살가운 모녀의 정 따위는 기대하지 않았다. 그저 휴전의 선을 넘지 않는 지점에 연이도 선영도 고드름처럼 매달려 있었다.

한 달을 예정했지만 연이는 할 수 있는 가장 짧은 시간에 탈출하고 싶었다.

선영은 일찍 엄마 잠자리를 준비하며 밤사이 소요될 만한 것들을 신경 써서 챙겼다. 보온병에 뜨거운 물, 물병에 찬물, 머그컵, 유리컵, 휴지, 간식, 리모컨, 성경. 화장실을 제외한 연이에게 필요한 물품들은 거의 다 손 닿는 곳에 두었다.

보름 넘게 엄마에 집중한 탓인지 선영은 번 아웃 직전이었다. 오랜만에 쓰리 오프, 이미 오프 하나는 퇴근과 함께 날아갔다. 나이트 킵 간호사의 숙명이랄까. 오전에 잠깐 자고 깨어나 밀린 집안일을 프로젝트 진행하듯 해치웠다. 선영의 몸이 깊은 잠을 원했다. 필요시 약으로 처방받은 졸피드 반쪽을 더 먹었다. 오랜만에 달콤한 잠으로 빠져들었다.

지만은 귀가 잘 들리지 않았다. 나이 탓이겠지만 보청기가 오래된 때문이기도 했다. 새로 바꿀까 생각도 했지만 언제 죽을지 모르는데 굳이 비싼 돈을 지불하고 싶지도 않았다. 그래도 신기한 것은 연이 목소리는 잘 들린다는 것. 그래서 지만은 연이와의 통화가 즐거웠다. 그녀와 함께하는 시간에는 이십 년쯤 회춘한 기분이랄까, 엔도르핀이 퐁퐁 솟았다.

수술부터 연이가 딸 집에 머물러서 못 만난 지도 보름이 훌쩍 지났다. 수술 후 한 달은 센터에 나오지 못할 거라 했는데 기다림이 길어질수록 그리움은 눈덩이처럼 커져갔다. 유일한 희망은 시간 정하고 하는 전화통화뿐, 온종일 시계에만 집중하는 나날이었다.

"사 여사, 오늘은 어때요, 잘 지냈어요?"

　지만은 아직 '연이 씨'라는 호칭을 쓸 수 없어 아쉽다. 연이가 완강했기에 더 이상 고집을 피울 수 없지만 내심 호칭을 바꾸는 날이 두 사람 장밋빛 새날이 시작되는 날일 거라 믿고 뚝심 있게 기다리는 중이었다. 연이는 잠들었지만 소리에 예민한 딸이 깰까 봐 소리를 낮추어 조용조용 대답했다.

　지만은 평소와 다른 연이의 발성에 귀를 기울였지만 알아듣지 못했다.

"잘 못 들었어요, 뭐라고 했지요?" 조바심 나는 연이 마음도 모르고 지만은 같은 소리를 반복했다.

"딸이 자고 있다고요. 전화 나중에 하자고요, 어르신."

　작게 소리를 조절한다는 것이 오히려 큰 소리를 냈다고 생각하는 순간 문 앞에 팔짱을 끼고 짝다리로 서 있는 딸이 보였다. 낭패였다.

"그렇게 좋아요? 아예 같이 살지 그래요."

냉소하는 선영의 말을 들으며 연이도 분통이 터졌다. 조심한다고 했는데 그 정도 소리에 잠을 깨서 비비 꼬며 대들 일인지, 내 딸이지만 그 예민함에 오만 정이 떨어졌다.

"질투하니?"

완벽한 실수였다. 서른 살부터 혼자 살아온 딸에 대한 금기어를 제 입으로 말하다니. 연이는 돌이킬 수 없는 실수란 것을 알았지만 이미 물은 엎어졌다.

"미쳤군요, 남자에게 미치면 그렇게 돼요?"

두 여자 모두 제정신이 아니었다. 급소만 골라 공격하는 모양이 짐승이었다. 선영이 제 방으로 들어가서 쾅 소리 나게 문을 닫았다. 연이는 당장 집으로 돌아가고 싶었다. 보름이란 시간을 더 딸과 지낼 자신이 없었다. 그 속에는 건들지 말아야 할 딸의 상처를 제 손으로 후벼 팠다는 후회도 들어 있었다. 그러나 연이도 한계를 느꼈다.

퇴근하던 선수가 와서 연이를 엄마 집으로 모셔갔다.

선영은 너무도 달라진 연이를 이해해보려는 노력을 아예 포기해 버렸다. 어쩌면 선영이 먼저 둘의 사이를 응원할 수도 있었다. 둘이 사귀느냐고 처음 물었을 때 대답을 들었다면 선영이 이럴 이유까지는 없었을 것이다. 거짓말은 나쁜 것이라고 가르친 엄마가 선영을 속였다.

선영 이혼의 결정적 이유도 남편의 불륜 자체가 아니었다. 인정하지 않고 반성 없는 태도가 원인이었다. 그렇게 짧은 결혼생활이 끝나고 선영은 남자라는 종족을 몽땅 혐오하는 화석 같은 여자가 되어버렸다. 질투 하나는 엄마의 목소리가 선영의 귓가에서 떠나지 않았다. 의도하지 않은 거짓말은 너테가 되어 모녀 관계를 뭉개버렸다.

선수가 운전하는 차에서 연이는 얼굴을 들 수 없었다.

딸과 싸우고 쫓겨나는 패잔병, 남자에 환장해서 딸을 상처 낸 화냥년의 이미지가 겹쳐서 연이를 괴롭혔다. 그러면서도 연애다운 연애 한 번 해본 적 없는 자신의 기구한 운명이 서러웠다. '내가 뭘 그리 잘못했다고'. 연이는 밤길 달리는 자동차 뒷좌석에서 소리 없는 눈물을 거두고 있었다.

늦은 저녁, 시어 빠진 김치쪼가리에 소주잔을 앞에 둔 선수도 착잡한 심경이었다.

엄마를 그렇게 버리듯 두고 돌아온 것이 맘에 걸렸다. 살가이 표현 못 해도 가족 일이라면, 특히 엄마라면 물불 안 가리고 달려오는 누나를 모르는 것도 아니었다. 어째서 이렇게까지 틈이 생겼는지 알 수 없어서 안타까웠다.

발단이 되었던 그날 엄마 생일에 과연 '내가 막내 동생처럼 힘 있는 사람이었다면 그렇게 대놓고 무시하는 듯한 행동을 했을까?'라는 생각에 맘이 묶이니 비로소 선수도 누나의 마음을 알 것 같았다. 동시에 매번 패배하여 무시당하는 자기 인생이 서글퍼졌다. 괴로운 소주병이 식탁

위에 또 한 병 누웠다.

  19층 아파트, 미세먼지 가득한 새벽하늘이 우중충했다. 베란다에 가득 찬 식물들이 연이가 집을 비운 사이 말라 죽었다. 자식에게 드러내지 못하는 속마음을 거름처럼 토해내며 애지중지 키운 녀석들에게 미안한 마음과 아쉬운 마음이 교차하는 순간이었다. 이유도 모르며 말라간 녀석들이 연이를 용서할까 생각하다 문득 피지도 못하고 시들어가는 선영을 떠올렸다. '딸의 이해를 구하는 것이 어쩌면 나만을 위한 욕심이 아닐까' 곰곰 생각했다. 어린 나이에 여자를 포기하고 엄마를 선택한 선영을 만류하지 않은 연이 자신을 돌아보았다. 엄마는 그렇게 하는 거라고 내 몬 사람이 어쩌면 연이였을지도 모른다. 삼십 년 넘은 세월, 속에든 말 한마디 내지 않고 자식에게 올인한 선영이 지금 연이를 이해하기란 쉽지 않은 일임을 누구보다 연이가 알기에 이러지도 저러지도 못하는 가슴이 답답했다.

  모르는 전화번호가 화면에 표시되며 울렸다. 스팸이겠거니 무시했는데 두 번이나 연속으로 울리는 전화를 세 번째에 받았다.

"어르신, 요양보호사예요. 따님이 신청하셔서 오늘부터 가요. 현관 번호는 받았으니까 제가 열고 들어갈게요. 놀라지 마세요."

선영은 한마디 내색 없이 또 다른 방법으로 엄마를 챙겼다. 센터에 나가지 않는 기간에는 요양보호사의 도움을 받을 수 있다는데, 새로 부딪힌 상황을 통해 또 하나 알게 되었다. 연이 늘그막 모든 사치가 딸로부터 나오는 것을 모르지 않는데…….

선영과 동년배로 보이는 보호사 선생은 연이의 목욕부터 음식과 청소까지 정성을 다해 도왔다. 도움 받는 것이 자꾸 익숙해졌다. 안 그러고 싶은데 마음과는 별개로 몸이 적응하는 구차한 현실.

선생이 자분자분 말벗도 돼주고 가벼이 산책하며 기분 전환하는 시간도 마련해 주었다. 덕분에 연이 몸도 마음도 시베리아를 벗어난 듯했다.

✳

이주일이 지났다.

우악스럽던 여름이 기운을 덜었다.

　선재 가족이 돌아오고 걸을 만큼 회복한 연이는 다시 센터로 등원하는 일상으로 돌아갔다. 일 년보다 길었던 한 달이었다.

　"연이 씨!"

　그녀 없는 동안의 갈증을 풀듯 지만은 누가 보든 개의 치 않고 연이를 부둥켜안았다. 한 달이라는 시간이 그렇게 더딘 줄 몰랐다. 이제 매일 연이를 볼 수 있다는 사실이 지만에게 용기를 주었다. 둘의 재회를 질투하듯 효심이 바라보고 있었다. 연이가 없던 내내 연이의 워커를 밀고 다녔던 효심. 샐쭉하여 입술을 내밀었다. 오랜 여행을 끝내고 집에 돌아온 것처럼 포근한 행복을 느꼈다. 연이

다정한 눈이 지만을 보며 말했다. '보고 싶었어요.'

　지만은 더 이상 연이 없는 삶을 생각할 수 없었다. 어떻게 하든 연이와 남은 삶을 지내고 싶다는 간절함이 매일 커졌다. 늙었어도 지만은 연이를 책임질 자신이 있었다. 군인연금이 나오고 통장 잔고도 충분했다. 연이만 허락하면 언제든지 둘이서 즈런즈런 살 수 있는데 자식들이 문제였다. 지만의 자식들은 어찌 설득하면 이해받을 수 있을 테지만 선영이 가장 걸림돌이었다. 생각해 보면 생일파티 이전까지만 해도 선영과의 관계가 나쁘지 않았다. 미술관에서도, 가끔 센터에서 만나도 예의 바른 아이였다. 엄마에 대한 보살핌도 지극한 딸이었는데. 오해가 부른 참담한 결과를 어찌 풀어야 할까 지만은 깊이 고민하고 있었다.

　찐 사랑 주간보호센터에서 지만과 연이는 공식 커플로 인정받는 사이가 됐다. 새로 입소하는 남자 노인이 물색없이 연이에게 추파를 던지면 주변에서 더 난리 치며 지만을 내세워줬다. 나이에 비해 핸섬한 지만을 마음에 둔 여인이 지만 곁에서 얼쩡대다가 오지랖 효심에게 공격당하기도 했다. 몸은 늙어도 마음은 아직 푸른 이들, 소란한 일상이 때로 얼굴을 붉게 만들어도 내일보다 오늘이 더 소중한 노인들에게는 특별할 것이 없다. 그렇게 하루 더 익어갈 뿐.

　그동안 가을이 성큼 오고, 황혼 커플은 단풍 같은 노을 빛 사랑을 천천히 그리고 곱게 물들여 갔다.

20

뜨겁게 아픈 이별

뒤숭숭한 하루를 지냈다. 눕기도 앉기도 서기도 불편한 시간. 특별히 달라진 것이 없는데 이유 모를 수상한 느낌이 온종일 연이를 힘들게 했다. 지만도 연이의 불편을 알아챈 듯 힐끔거렸다. 소싯적이라면 '그날'이라고 하겠지만 늙은이 몸에 언감생심. 어서 돌아가 쉬고 싶다는 생각으로 꽉 채운 긴 하루였다.

하원하는 승합차에서 내리다 연이는 선수와 선재가 한 차에 타는 모습을 보았다. 급한 걸음을 하는지 엄마를 보지 못하고 아이들은 그대로 주차장을 빠져나갔다.

"에미야, 아범은 어디 간다고 하던? 둘째랑 같이 나가던데." 막내며느리는 아는 바가 없다고 했다. 자정이 가까운데 오지 않는 두 아들을 기다리다 연이는 까무룩 잠이 들었다.

'엄마.'

소식 끊고 왕래 없던 큰 아들이 초췌한 모습으로 꿈에 보였다. 딸 하나 낳고 받던 구박을 보란 듯이 해소시켜 준, 연이에게는 누구보다 잘난 아들 선길이었다. 해병대 출신 건장한 아들. 이름 대신 '대장', '도령'으로 불렀던 멋진 아들. 그러나 불행한 결혼으로 아들의 인생이 허물어지고, 가족과의 관계도 소원해졌다. 십 년 넘게 소식이 없다가 남편 장례에 겨우 연락이 닿아 이 년 정도 소식을 전하며 살았다. 그러나 아들은 다시 저 혼자만의 동굴로 들어가 꽁꽁 숨었다.

인연 끊고 사는 아들이 궁금했고 항상 보고 싶었지만 '시간이 필요하겠지, 때가 되면 엄마 아들로 돌아오겠지.' 언제나 기도 속에서 그리워하던 큰 아들이 꿈에서도 말이 없었다.

허공에 허우적대는 연이 손끝에 얼음장 같은 한기가 느껴졌다.

'애비야, 선길아!'

외마디 소리치며 아들을 부르는 연이가 침대에서 벌떡 일어나 앉았다. 꿈이라기엔 너무 생생한 모습에 연이는 소름 돋은 팔을 비벼 안았다. 선수가 들어오는 기척을 느꼈다.

아침에 퇴근해서 낮에 잠드는 선영은 지독한 불면증으로 수면제 없이 잠들기 어려운 일상을 이십 년째 달고 산다. 그날도 약을 먹고 정오 무렵 잠들었다. 알 수 없는 불안함에 깊은 잠을 이루지 못하고 이리저리 뒤척였다.

선길.

술에 취하면 한 번씩 입에 담지 못할 욕설을 섞어 전화하는 동생을 견디는 것이 어려웠다. 가끔이라도 그렇게 건재함을 알리는 것인지도 모르는 일이라 오랜 시간

인내하며 받아줬지만, 새 사위가 있는 자리에서 부끄러운 가족사를 듣기고 민망했던 선영이 결국 선길의 번호를 차단했다. 벌써 오래전이었다. 선영은 까맣게 동생을 잊어버렸다.

'형제들이랑 나도 잘 지내고 싶다고, 왜 나만 왕따시키는 건데.'

꿈을 꾸는 것도 오랜만인데 그 꿈에 생각지 않게 선길을 보며 선영은 꿈속에서도 미안한 마음이 들었다. 꿈을 깨고 한참 동안 동생을 생각했다. 잘 지내겠지.

남들은 퇴근해 쉴 무렵이 선영의 출근 시간이다. 젊은 세대는 병동 밤 근무를 싫어했다. 간호사가 건강해야 제대로 간호할 수 있고 밤 근무는 건강을 해친다며 나이트 근무를 극히 혐오하는 MZ세대를 보면 이십 년 세월 나이트 킵 간호사인 선영은 할 말이 없어졌다. 딱 계약된 만큼 나이트 근무하고 듀티가 돌아가든 말든 나 몰라라 하는 친구들 덕분에 선영은 추가근무가 일상인데. 나이 먹은 것도 서러운 판에 추가근무라니, 내 몸은 쇳덩어리인 줄 아나 발끈하다가도 덕분에 급여가 많은 것을 생각하면 입이 다물어졌다. 다만 나날이 묵은 솜처럼 처지는 육신의 피로는 따로 하소연할 데가 없는 것이 좀 아쉬웠다.

출근 준비하는 선영의 휴대폰이 반짝였다. 진동도 민감하여 언제나 무음인 탓에 놓치는 연락이 많아 불평을 많이 듣는 선영이 한 번에 전화를 받았다.

"막내 오랜만이다. 별일 없지?"

선길의 꿈을 꾸고 동생을 생각했던 때문인지 평소 뚱한 목소리에 힘을 좀 실었다. 제법 하이톤의 기분 좋은 소리를 냈다고 생각했다.

"누나, 큰형이 먼저 갔네."

축축하게 가라앉은 막냇동생 선수의 목소리 끝이 갈라졌다.
꿈속 선길에 대고 선영이 중얼거렸다.

'다녀가려면 일찍이나 올 것이지.'

선영은 고독사했다는 선길의 소식을 그렇게 막내를 통해 들어야 했다. 사망 상태로 발견되어 경찰이 개입했고 죽은 시간과 사인을 밝힐 부검이 필요하다고. 아직 기다려야 할 절차가 많아 다음날 오후쯤 운구할 수 있다고 했다.

병원 주차장에 도착한 선영이 화들짝 놀랐다. 집에서 출발한 기억은 있는데 중간 기억이 휘발됐다. 내비게이션도 켜지 않은 채 사십 분여를 운전했다는 사실에 아찔했다. 선영의 몸은 출근했어도 정신이 따로 나갔는지 일이 손에 잡히지 않았다. 듣는 둥 마는 둥 인계를 듣고 일상적인 업무체크를 하는데도 계속 실수를 했다. 같이 근무 들어온 액팅 간호사들이 힐긋거렸다.

동생의 원망이 얼마나 컸을까. 혼자 가는 길이 무섭지 않았을까. 엄마가 이 상황을 견뎌낼 수 있을까 선영은 걱정이 가득했다. 그리고 새벽 한 시 넘어, 그제야 큰아들의 죽음을 알게 된 엄마가 오열하는 전화를 받았다.

"선길이 죽었단다, 어이고 불쌍해서 어떡하니."

아버지 장례식에서 들었던 엄마의 애끓는 울음소리가 선영의 귀에 쟁쟁 울렸다.

하루 지체한 주검이 둘째 날 오후에야 도착했다. 선수와 장조카가 시신을 확인하고 안치실에 모셨다. 마지막 아들 얼굴 보겠다는 연이를 선수가 설명 없이 부둥켜안고 막았다. 선영은 말하지 않는 이유를 짐작으로 알 수 있었다. 그러나 연이에게 어찌 설명할지는 모두 다 침묵, 정답을 내놓지 못했다.

삼일장으로 치르면 다음날 발인해야 하는 상황인데 동생을 그렇게 쓸쓸히 보낼 수 없던 선영이 가족회의를 열어 사일 장을 하기로 했다. 아버지 때처럼 준비 없이 맞이한 장례식이 또다시 선영의 몫이 되었다. 선수와 선재가 힘을 보탰다. 아직 어린 조카들이 상주로 섰지만 문상객 대부분은 삼남매 손님이었다.

아버지가 돌아가셨을 때와 형제의 죽음은 그 무게가 확

연히 달랐다. 아버지 장례 때 넷이 섰던 상주석에 조카와 삼남매가 나란히 서니 영원히 공석일 큰 동생의 자리가 도드라졌다. 벌써 찾아온 그리움이 썰렁한 가을밤을 한층 스산하게 했다.

입관식. 가족들이 마지막 인사를 나누는 시간은 그때도, 지금도 슬픔 골이 깊었다. 연이를 생각해서 가장 짧은 입관절차로 진행해 달라는 선영의 부탁을 상조회사 직원이 착실히 이행했다. 얼굴까지 수의로 가린 시신 가슴에 꽃 한 송이 놓는 것으로 유족의 마지막 인사를 마치고 마침내 관 뚜껑이 덮였다.

"어이고, 아들아… 너 가는데 왜 얼굴을 안 보여주는 거니. 선길아, 아범아."

연이를 시작으로 견딜 수 없는 가족의 오열이 동시에 터졌다. 가족들 눈물에라도 위로받고 험한 길 편히 가라고 하늘에 가서는 외롭지 말라고 마음 다해 쏟아내는 눈물로 서로에게 위로하는 뜨겁게 아픈 이별이었다.

자정이면 문상객들이 모두 돌아갔다. 선영은 장례 기간 내내 선수, 선재 두 동생과 빈소를 지켰다. 낮에는 조문객을 받고 장례를 의논하느라 분주했지만 밤에는 먼저 간 형제를 애도하며 서로 끌어안고 울었다. 어쩌면 누나보다 앞서 제단에 오른 선길이 내려와 같이 울었는지도 모르겠다. 선영을 더 힘들게 한 것은 용서와 이해가 필요한 동생에게 누나로서 그렇게 하지 않았다는 죄책감이었다. 만약 죽기 전에 통화했다면 미안하다고, 돌아오라고, 사랑했다고 말할 수 있었을지 자신이 없었다. 명색이 누나이면서 이기적으로 살아온 시간이 동생을 죽음으로 몰아간 것은 아닐까. 모두의 아픈 가슴 싸안고 긴긴 밤은 쓴 소주와 함께 그렇게 범람하듯 흘렀다.

선길의 친구들이 문상 왔다. 고등학교 시절 공부는 내동댕이치고 음악 하겠다며 악기 하나씩 들고 선길의 방에 둥지를 튼 여섯 놈이 김장독을 1월에 거덜내도 연이는 싫다 말하지 않았다. '선길이 친구면 다 내 아들이지'라며 버스비도 쥐어 보냈다. 그랬던 친구들이 중년 아저씨가 돼서 왔다. 꺽꺽 오열을 토했다. 사는 것이 바쁘다는 핑계로 선길을 돌아보지 않았다는 공통된 미안함이 그들의 눈물

샘을 헤집었다. 죽은 아들을 보듬듯 다섯 친구를 쓸어안은 연이가 울다 정신을 놓았다.

"누나, 미안해요… 우리가 더 챙겼어야 했는데 못해서 미안해요."

어릴 때부터 살갑게 굴었던 준태가 주먹만한 눈물을 뚝뚝 흘리는데 선영은 보탤 눈물이 남아있지 않았다. 와줘서 고맙다는 인사치레를 겨우 뱉는 그녀가 건조해진 정신 줄을 붙잡고 있었다. 이 밤을 보내기 싫은 상주들 안타까운 마음이 빈소 구석구석에 끼어 앉았다.

새벽부터 내리는 가을비가 안 그래도 서러운 상가에 슬픔을 얹었다. 친구들 눈물 속에 운구되어 영영 이승에서 이별한 선길을 아버지가 계시는 쉼터에 뉘었다. 오랫동안 홀로 떠돌다 죽어서야 가족 곁에 영면한 선길을 보면서 선영은 문득 자신의 무자비한 이기가 또 다른 죽음에 연관될까 까닭 모를 두려움에 몸서리쳤다. 반송장이 된 연이가 아직 납골함 유리문을 닫지 않아 만질 수 있는 아들,

따뜻한 유골함을 쓰다듬었다. 늙은 볼을 타고 내리는, 소리조차 없는 핏빛 물이 어서 마르길 모두가 아주 오랫동안 기다렸다.

'내 동생아, 오늘부터 아버지랑 도란도란 지난 이야기도 나누고, 하늘에서는 너의 원초적 유쾌함을 맘껏 펼치며 행복하게 살길 바란다.'라고 선영이 방명록 첫 글을 적었다. 미안하다는 말은 아무도 볼 수 없게 꽁꽁 그 안에 숨겨놓았다.

지만은 연락 닿지 않는 연이 때문에 안절부절못했다. 분명 내일 보자고 손 흔들고 간 사람이 전화를 받지 않았다. 처음 있는 일이었다. 딸과 크게 싸웠나 하는 생각이 들었다. 지만은 밤새도록 잠들지 못한 채 뿌연 새벽을 맞았다.

연이가 등원할 시간에 오지 않았다. 아무도 이유를 알지 못했다. 원장조차도 소식을 받지 못했다고, 이유를 알아보겠다고 했다. 여전히 연이의 전화는 먹통이고 지만은 불안함에 허우적거렸다. '어쩌면 이것이 끝일까?'라는 생각에 이르자 숨이 멎는 것 같았다.

'연이 씨, 제발 날 버리지 말아요.' 주름진 눈가가 촉촉해질 때 지만은 연이 없는 세상이 의미 없음을 새삼 느끼고 있었다.

온종일 지만이 근심 어린 눈으로 휴대폰에 몰입하고 있는 모습을 보았다. 원장도 연이에게 몇 차례 연락했지만 연결이 되지 않는다는 안내 음성만 들렸다. 선영에게 전화를 해도 받지 않았다. 걱정스러웠지만 달리 방도가 없었다. 그렇게 오후가 되었다.

큰 동생 상을 당했다는 선영의 문자를 받았다. 사 남매라는 것은 알았지만 고인이 된 아들은 한 번도 만난 적이 없었다. 다른 말이 없던 것으로 봐서는 갑작스러운 죽음이겠거니 생각하며 슬퍼할 연이가 걱정됐다.

"연이 어르신께서 큰 아드님 상을 당하셨다고 해요."
"어이쿠, 아직 젊은 사람인데 어쩌다 그랬답니까?"
"글쎄요. 거기까지는 저도 모르겠어요. 며칠 걸릴 테니

너무 걱정하지 마세요. 그러다가 병나시겠어요."

원장의 말은 진심이었다. 하루 사이 지만이 초췌해졌다. 연이가 보면 오히려 맘 아파할 듯하여 마음 담아 당부하는 원장. 지만은 자기 걱정과는 다른 전개에 안심하다가 슬퍼할 연이 생각에 우울해졌다. '자식이라면 끔찍이도 위하는 사람인데 얼마나 마음이 아플꼬.'

자식 앞세우는 부모 심정을 지만도 안다.

오래 전 군인이라는 신분은 수시로 전입 전출이 있었다. 한 곳에 정착할 만하면 다시 보따리를 싸야 하는 고된 반복에 아내가 힘들어하는 것을 보며 늘 미안했었다. 전방을 벗어나면 좀 나아질 거라고 생각했다.

선영과 갑장인 막내 딸아이가 나고 자랄 때는 경기 외곽으로 옮겨서 비교적 안정된 삶을 누리는 때였다. 골목에서 놀던 딸이 음주 트럭과 충돌해 응급실로 옮겼으나 끝내 숨을 거뒀다. 아내는 이사하지 않고 전방에 있었으면 살았을 아이를 자기 편하자고 이사해서 죽였다며 사는 내내 힘들어했다. 눈에 넣어도 아프지 않을 막내딸을 잃은 지만은 그러다가 아내마저 잃을 것 같은 두려움이 컸다.

'우리와 인연이 거기까지인데 맘에 두지 말라'며 위로했으나 정작 지만은 평생 막내딸을 잊지 않았다. 그래서 연이 마음을 알 것 같았다.

새벽에 발인한다는 소식을 듣고 지만이 어두운 장례식장에 도착했을 때 이미 버스 한 대가 서 있었다. 젊은 남자 여섯이 운구하는 행렬을 따라 나오며 오열하는 연이를 발견했다. 어둠 속 약한 불빛 사이로 보이는 그녀 상한 얼굴이 안쓰러웠다. 선영이 쇳소리로 부르는 '선길'이 고인의 이름이겠거니.

새벽 비 맞고 연이가 감기라도 걸리면 어쩌나 걱정하는 마음도 전달하지 못하고 지만은 떠나는 버스 꽁무니에 깊이 절하면서 고인의 걸음이 편안하길, 연이가 잘 버티고 빨리 돌아와 주기를 기도했다.

장례버스에 오른 선영이 어두운 창 밖에 서 있는 지만을 보았다.

21

모래성

선길의 삼우제를 마치고 일주일. 선영은 사직서를 던지고 엄마와 단둘이 여행을 떠났다. 가족이 함께 하는 여행은 여러 번 있었지만 모녀만의 여행은 처음이었다. 여행한번 할 수 없을 정도로 여유와 담쌓고 살아낸 삶. 무엇을 위해 전쟁 같은 삶을 선택했을까. 그 끝에 남은 것은 온통 상처투성이인 것을 미리 알았으면 그렇게 살았을까. 몸도 마음도 만신창이가 된 두 여자가 말없이 차를 타고 할 일 없이 쏘다녔다.

불편한 연이를 위해 선영은 휠체어를 밀었다. 낑낑대며 휠체어를 폈다 접었다 하는 선영이 불평하지 않았다. 연이는 딸이 애쓰는 모습을 보며 짠한 마음이 들었다.

선영이 이혼하고 아이 둘을 살피느라 힘들었던 시간. 사실은 혼자가 아니라 가족이 옆에서 지켜봐 줬고 그 힘에 살아온 것인데, 어느 사이 그것도 모르는 고집불통이 되었다는 것을 선영은 동생을 보내며 깨달았다. 가슴에 아들을 묻은 연이에게 지금 여자이고 엄마인 선영이 해야 하는 것이 위로가 아니라 용서를 구해야 하는 것을 그래도 늦지 않게 깨달아 다행이었다. 선영은 이제야 딸의 자리로 돌아온 홀가분한 기분을 느꼈다.

연이는 아들의 장례 동안 남은 세 자식이 합심하여 큰일 치르는 것을 유심히 지켜봤다. 아이들이 어렸을 때는 자식을 지켜내야 한다는 압박 속에서 살았었다. 지독한 가정폭력에서 탈출하고 싶은 많은 순간을 자식들만을 바라보던 자신이었는데 지금은 지만에게 온 마음이 가 있는 스스로를 돌아보았다. 엄마로서 더 가까이 품지 못해 먼저 하늘로 보낸 큰 아들과 혼자 사는 가엾은 딸, 착해서 오히려 실패를 거듭하는 작은 아들을 생각했다. 그리고 막내, 잘 산다는 이유로 가족의 대소사를 모두 걱정하고 챙기는 마음도 떠올렸다. 잘 살았다고 자부했는데 자식들 모두 상처를 가득 안고 피 흘리는 모습이 이제야 연이에게 뚜렷이 보였다.

연이는 천천히 여자가 살던 모래성을 허물고 엄마로 돌아가는 길로 걷자고 마음을 추슬렀다.

"맛있다."
"엄마, 고기 더 드실래요?"
"그래, 더 시키자."

연이도 선영도 평소 식사량이 많지 않아서 절반 이상 남기는 것이 일상이었다. 엄마가 음식을 더 달라고 한 적이 있던가? 선영이 추가 음식을 주문하며 생각했지만 기억에 없었다. 허무는 허기를 부르는 주문이었을까. 둘이서 육 인분 고기를 먹고 밥도 세 공기를 시켜 먹었다. 먹고 돌아서면 또 먹을 것을 찾으러 다니는 그녀들 여행. 그래도 뱃속이 헛헛했다. 채워지지 않는 허기가 사실은 고독이라는 것을 그녀들은 천천히 알아가고 있었다.

눈 아래 강물이 흐르고 가을은 무르익어 이제 겨울에게 주인 자리를 내주려 한다.

아름답다. 힘껏 뛰어 허공에 몸을 던지는 사람이 새처럼 하늘을 난다. 패러글라이딩 활공장에 도착한 선영이 연이에게 재차 물었다.

"엄마, 진짜 패러글라이딩을 하고 싶다고요?"

"진짜 해보고 싶어. 어차피 오늘 죽어도 문제 될 거 없는데 두려울 게 뭐야."

연이가 시니컬하게 대꾸했다.

'엄마는 죽는 게 별일이 아니지만 여기 사람들은 밥줄이 달린 일이라고요.'라고 뾰족한 가시 세워 말하는 것이 선영의 본래 모습일 텐데 무슨 영문인지 타박 없이 엄마를 이곳까지 모시고 왔다. 선영은 연이를 차에 두고 예약 사무실로 갔다.

"안 그래도 연락하려고 했는데, 팔순 어머니가 비행하고 싶어하시는 거, 마음은 이해하지만 안 될 일이죠. 더군다나 걸음도 못 걷는다며 이륙은 어찌하고 착륙은 또 어찌하게요. 말도 안 되는 일이에요."

누가 굳이 하겠다고 그랬나, 예약자 명단에 올렸다고 그렇게 화낼 일은 아닌 거 같은데. 조교라는 직원이 씩씩거렸다. 어려우면 그냥 안 된다 하면 될 것을 이렇게 사람을 모질이 취급해야 하는지 듣던 선영이 욱해서 한마디 했다.

"누가 꼭 태워달라고 했어요? 그냥 묻는 거잖아요. 물어도 못 봐요?"

머쓱한 남자가 바쁜 척이라도 하고 싶은데 마침 손님이 없었다. 건너편 테이블에 앉은 여자 눈꼬리에 힘이 들어가며 남자를 노려봤다. 깨갱하는 강아지처럼 남자 목소리가 수그러들었다.

"어머니는 위험하니 포기하시고 따님이나 비행하세

요."

"혼자 무슨 재미로 타요."

선영의 뾰로통한 대답에 이어 연이 목소리가 들렸다.

"우리 딸 태워주세요. 계산은 이거로 하시고요."

혼자 차에서 내리기가 쉽지 않았을 텐데. 지팡이를 짚은 연이가 오만 원 권 세 장을 내밀며 서 있었다.

"엄마 나 혼자 뭐 하러 타, 나도 무섭다고요."
"엄마는 안 된다니까 딸이 타고 하늘을 걷는 느낌이 어떤지 말해주면 안 될까?"

굳이 패러글라이딩을 하고 싶다는 엄마의 속내를 알다가도 모르겠다. 이전에 해본 것도 아니고 그렇다고 선영이 타고 싶어 안달난 것도 아닌데. 어쨌든 죽은 사람 소원도 들어준다니까 선영은 두려운 마음을 숨겨두고 연이를 위해 비행하자고 마음먹었다.

파일럿 복장들이 즐비하게 걸려 있고 헬멧 무릎보호대 기타 장비들이 있는 실내에서 M사이즈 옷을 꺼내 입었다. S사이즈로 입을 걸 잘못했나? 허수아비에 자루를 뒤집어 씌운 것 같다. 아무렴 어때, 빨리 해치우자 하는 심정으로 선영은 탈의실을 나섰다.

교육이 먼저 이루어졌다. 대부분 조교의 일이고 동승자는 이륙과 착륙 때만 다리를 쭉 펴면 된다고 했다. 선영은 익사이팅한 체험에 능숙한 편이었다. 놀이공원에서도 젊은 아이들 못지않게 즐기는 모습은 나이를 속여도 믿을만했다. 비행은 처음이지만 그리 겁낼 일은 아니었다. 장사가 시원치 않은 평일이라 그런지 초면의 그 조교가 장비를 들고 나섰다. 어차피 잠시 목숨을 맡겨야 하니 굳이 얼굴 붉힐 필요가 없다 싶어 선영은 쑥스러운 듯 미소 지었다.

"잘 부탁합니다."

어느새 프로다운 영업 미소를 장착한 남자도 비슷한 미소로 화답했다.

"오케이, 렛츠 고우."

✳

얼마만인가, 휴대전화에 찍힌 연이 이름만으로도 지만은 눈가가 뜨거워졌다.

"오랜만이죠, 잘 지내셨어요, 어르신?"
"연이 씨, 맘 아파서 어째요. 뭐라 위로할 말도 못 찾겠어요. 미안해요. 괜찮은 거예요?"

반가움과 안타까움이 뒤범벅되어 서툴게 말했어도 연이는 그 마음을 찰떡같이 알아들었다. 발인에 지만이 다녀갔다는 것을 화장(火葬)하는 동안 딸에게서 들었다. 마주 서서 손 한번 잡지 못하고 어두운 새벽길을 돌아가는 마음이 어땠을까, 연이는 오히려 지만이 안쓰러웠다.

"발인에 다녀가셨다고 들었어요. 감사합니다."

"아무도 본 사람이 없는 줄 알았는데 어찌 알았어요?"

"딸이 어르신 서 계신 거 잠시 뵈었다고."

"그랬군요."

지만은 그 새벽 수척한 연이 모습이 생각나 마음 한구석이 아렸다. 자식을 앞세우는 어미 심정을 말해 무엇할까. 섣부른 위로도 할 수 없었다.

"연이 씨, 털어낸다고 털어지는 검불이 아닙니다. 가슴에 깊이 묻고 다독다독 하세요. 먼저 갔어도 내 자식입니다. 좋은 세상 많이 보고 나중에 만나서 웃으며 얘기할 수 있도록 여행 잘하고 와요. 그래도 너무 오래 걸리지는 말아요. 나도 연이 씨가 보고 싶어요."

다정한 한마디 한마디가 연이를 토닥였다.

지만의 번호를 찾고 통화 버튼을 누르기 전 연이는 액정화면을 보면서 한참 동안 망설였다. 팔십 년 긴 시간 살며 가장 위로받던 짧은 시간, 존중받는 느낌으로 행복했던 사랑을 끝내고 본래 연이의 자리로 돌아가겠다고 마음먹었다. 이별을 위한 마지막 통화를 준비했다. 그러나 가슴 깊은 곳에서 지만에게 향하는 간절한 외침이 계속 연이의 손가락을 붙잡았다. 혼신의 힘을 다해 연이는 통화 버튼을 눌렀다.

그렇게 애쓴 보람도 없이 연이 굳게 먹은 마음을 지만은 몇 마디 말로 허물었다.

연이 가슴을 눌렀던 빙하 덩어리가 마침내 봄물처럼 녹아 흘렀다.

패러글라이딩이라고 했다. 사람이 하늘을 날아다닌다. 하늘 가까이. 가보자.

선영이 처음 몇 걸음은 경보하는 수준으로 걷다가 속도를 더해 뛰었다.

난다. 하늘을 날고 있다.

선영은 믿기지 않게 가벼운 자신을 느꼈다. 아무것에도

속하지 않은 텅 빈 선영이 구름과 나란히 떠 있었다. 천천히 호흡을 가다듬고 발 아래로 눈을 돌렸다. 자유로운 강과 나무와 바람과 햇살이 반짝였다.

원초적 자유가 선영을 치유하는 느낌에 저절로 행복해졌다. 이대로 영원히 날고 싶다.

"이선영 나와라 오버."

무전기를 타고 낮익은 목소리가 빙글빙글 웃으며 선영을 불렀다.

"꿈일 거야. 그러니까 네가 보이는 거지, 그렇지 선길아."

빨간 낙하산, 검정 선글라스가 근사하게 어울리는 선길이 낙하산을 조정하고, 아! 선길 옆 무지개 색 낙하산에는 '아버지'가 날고 있었다. 아버지의 환한 미소. 선영은 아버지의 미소를 기억했다. 자연인 생활을 하겠다며 산에 들어가서 엄마랑 둘이 살던 몇 년간 아버지는 저렇게 밝은 미소를 보였었다. 젊어서 볼 수 없던 손가락 하트도 심심찮게 보여주며 자식들을 놀라게 했다. 사람이 변하면 죽는다더니 그 말이 아주 틀린 것은 아니었다. 채 오 년이 못 되어 아버지가 돌아가셨다. 꿈에도 안 오시던 아버지.

"아빠, 잘 지내시는 거죠? 저는 잘 지내고 있어요."

"우리 딸 좋아 보인다. 여러모로 애쓰는 거 아빠가 알아. 엄마도 잘 챙겨줘서 고맙고. 그런데 엄마 너무 힘들게 하지는 마. 젊어서 아빠가 많이 힘들게 했잖아. 이제 즐겁게 살다가 시간 되면 기쁘게 아빠 곁으로 오도록, 하고 싶은 거 다 할 수 있게 네가 이해하렴. 남친이랑 썸도 타라고 하고. 하하하."

"아빠, 하늘 생활이 좋은가 봐요. 농담도 술술 하시네요."

"하늘 좋지, 너무 좋아. 선길이 와주어서 더 좋고. 아들 너도 좋지?"

"그럼요, 아빠랑 이렇게 비행도 하잖아요. 누나도 얼른 올래?"

"예끼, 누나는 엄마랑 좀 더 오래 살다 와야지. 그리고 선영아, 너도 할 만큼 했어. 딸도 행복해질 자격이 충분하다고. 이제 애들한테서 좀 벗어나서 네 삶을 기쁘게 살면 좋겠구나."

"누나, 내 몫까지 즐겁게 살다가 천천히 와. 나중에 내가 마중 갈게. 서둘지 말고, 무서워하지 말고."

바람 방향이 바뀌었다.
몸이 흔들렸다.
깜빡 눈을 감았다.

"어때요? 멋지죠. 이 맛에 패러를 계속한답니다."

조교 목소리가 무전기로 들렸다. 강과 나무와 바람과 햇살이 여전히 반짝이고 있었다. 꿈에서 깬 듯 멍하지만 선영에게 따뜻한 행복이 가득 채워졌다.

"아빠, 고맙습니다. 동생아, 고마워."

　연이는 활공장이 훤히 내려다보이는 카페 창가에 앉았
다. 새로 지은 건물이라 그런지 페인트 냄새가 커피 향 사
이로 슬금슬금 삐져나왔다. 너른 유리창 밖에는 기대했던
것보다 훨씬 더 아름다운 전경이 펼쳐져 있었다. 올라오
던 길 꼬불꼬불한 도로도 아기자기 정겹게 보였다. '아름
답다.' 습관처럼 혼잣말을 소리 나게 뱉은 연이가 따뜻한
머그잔을 두 손으로 감싸 들었다. 산 사람은 살아진다는

말이 실감났다. 아들을 가슴에 묻고도 먹고 자고 웃는 스스로를 용서해도 되는가? 연이가 스스로에게 물었다. 그 것이 삶의 잔인함이려니. 자문자답하던 연이가 낮게 한 숨을 뱉었다.

선영을 태우고 날아간 노란 낙하산이 오르락내리락 보였다. 무섭지도 않은지 주저 없이 달려가 날아오르는 선영을 보며 아직 젊은 딸이 더 즐겁게 살았으면 좋겠다고 생각했다.

"어르신."

모니터 앞에서 눈꼬리를 치켜뜨던 여자가 입가에 미소 머금은 채 테이블 옆에 섰다. 카페에도 다른 손님이 없어 서인지 한가해 보였다.

"어르신, 일부러 오셨는데 체험하지 못해서 서운하시 죠?"

상냥한 목소리가 듣기 좋았다.

"언감생심, 늙은이가 그거 타러 왔겠어요. 하늘 가까운 곳에서 보고 싶은 사람이 있어서 왔지요."

"아, 누가 돌아가셨나 봐요?"

"아들을 앞세운 죄 많은 사람입니다."

"아이고 실례했어요. 어르신. 맘이 아프실 텐데 괜한 소리를 해서. 용서하세요."

"용서할 자격도 없는 어미라서….."

여자가 안절부절못했다. 연이는 좋은 곳에 와서 괜스레 불편을 만든 것 같아 오히려 미안한 마음이 들었다. 어쩌면 한동안 가는 곳마다 같은 상황을 만들지도 모르는 일인데. 애써 아무렇지 않은 듯 머그잔을 움켜쥐었으나 하늘로 고정한 눈에는 다시 아픈 샘이 솟구쳤다.

"어르신, 따님하고 무전으로 통화해 보시겠어요?"

"하늘을 날면서 통화할 수 있어요?"

"그럼요. 제가 연결해 드릴게요."

여자는 무전기 버튼을 눌렀다. 지지직대며 잡음이 들

렸다.

"여기는 본부, 대장 나오세요."
"본부, 말씀하세요."
"선영 씨와 어머니가 무전하실 수 있도록 도와주세요."

남자가 선영 무전기 채널을 바꿨다.

"선영이니? 엄마야."
"우리 엄마 출세하셨네, 무전도 해보고."
"호호, 그러게 말이다. 재미있니?"
"네 엄마, 재미도 있고 신기하기도 해요."
"뭐가 그리 신기할꼬?"
"그런 게 있어요, 흐흐."
"나중에 말해줘. 딸, 그리고 한 가지 부탁이 있어. 하늘을 날고 있으니 아빠와 선길이랑 제일 가까이 있잖아. 우리는 잘 지낸다고 거기서도 편안히 잘 지내라고 말 좀 전해줘. 엄마가 서운하게 한 것은 나중에 만나면 용서 빌 테니까. 부디 거기서는 둘 다 행복하게 지내라고."

선영은 연이가 패러글라이딩을 선택한 이유를 이제야 알 것 같았다. 어쩌면 연이는 선영이 마주한 꿈을 이미 알고 있을지도 모른다고 생각했다.

'엄마, 벌써 전했어요. 잘 지내고 있대요, 아빠도 선길이도. 이제 엄마만 잘 지내면 돼요.'

무전기에 소리 없이 마음을 전하는 선영.
그녀의 보들보들한 평화가 가을 햇살 윤슬로 퍼졌다.
연이가, 선영이 가족이라는 이름으로 전한 위로가 늦지 않게 도착했다.

하늘에도 땅에도 가을 향기 가득 찬 포근한 오후였다.

지만과 연이, 그들은 황혼 열애 중이다.

내일을 알 수 없지만 두 사람은 오늘도 사랑의 걸음을 멈추지 않는다. 저무는 태양보다 아름다운 그와 그녀의 사랑 이야기.

그대들 아직, 사랑해도 괜찮습니다.

한 세대 후 다시 나의 이야기가 될 수도 있는 이야기. 울퉁불퉁 현대사를 관통하며 살아온 그들의 이야기는 어쩌면 독자의 삶이 투영된 거울일 수 있다. 독자가 한 장면이라도 자신 삶을 돌아볼 때 공감하고 추억할 수 있으면 좋겠다.

〈2024 화성신진예술인 자립지원〉에 선정되어 첫 소설책을 출간하게 되었다.

기쁘고 화성시와 화성문화재단에 감사하다. 나의 출간작업에 응원과 협력을 아끼지 않은 편집진에게도 감사의 마음을 전한다.

그리고,

소설가로 태어나는 내 문장의 줄탁동시(啐啄同時), 영원한 내 작품의 뮤즈이신 어머니께 존경을 담아 이 책을 드린다.

2024년 가을 신남리에서

이재은

불편한 블루스

초판 1쇄 · 2024년 10월 18일

지은이   이재은
펴낸곳   싱글북스
발행인   고민정
주소   서울특별시 서대문구 연희로37길 77-13 402호
홈페이지 www.koreaebooks.com / www.singlebooks.co.kr
이메일   contact@koreaebooks.com
전화   1600-2591
팩스   0507-517-0001
원고투고 edit@koreaebooks.com
출판등록 제2021-000022호

ISBN   979-11-966766-8-1(03810)

본 출판물은 화성시, 화성시문화재단의 〈2024 화성예술지원〉 사업의 지원을
통해 제작되었습니다.

후원: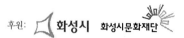